集英社オレンジ文庫

あやかし乙女のご縁組

～神託から始まる契約結婚～

七沢ゆきの

JN229596

本書は書き下ろしです。

もくじ

登場人物紹介

津嶋《つしま》咲綾《さあや》

心優しき津嶋家の長女。自分にしか見えない辰砂を家族として愛している。

瀬能《せのう》春臣《はるおみ》

公爵。異形対策部隊隊長。冷静沈着で、非常に不愛想。

青葉《あおば》薙《なぎ》
侯爵。異形対策部隊隊員。
ある理由により
瀬能を慕っている。
姫《ひめ》
道端で困っている様子の少女。
〝影〟が見えると言っていたが…。
辰砂《しんしゃ》
常に咲綾に
付き従う
不思議な狐。
毛色は鮮やかな朱。

イラスト／榊　空也

あやかし乙女のご縁組
神託から始まる契約結婚

一章　あやかし乙女、運命に出会う

「知らせが降りてまいります。今……ここへ」

少女の迷いのない声が、広間に響く。

そこから少しの間をおいて、男たちのざわめきが少女の周りを包んだ。しかしそれは、けして少女に好意的なものではなかった。

「なんだと？　さっきから、この小娘はどういうつもりだ？」

「しっ、黙れ。もうこれしかないんだ」

「そんなこと言って、おまえは信じてるのか。何の証拠もない力だぞ。俺は信用できない」

冷たい言葉を投げかけられても、少女は男たちに臆することはない。まっすぐに背中を伸ばし、足を行儀よく揃《そろ》え、男たちの上座で正座をしている。

少女が座っているのは、青々とした畳表《たたみおもて》が目に鮮やかな八畳ほどの和室だ。

少女の背後には、よく煤《すす》けた木材の吊り下げられた違い棚と、雄大な筆致で全面に松の描かれた押し板が鎮座している。とても古い来歴のある部屋に思えた。しかし、その古さを感じさせないほど調度は磨き上げられ、長い歴史を持つものがまれに放つ、うっとりするような輝きをそこここから発していた。

だが、それだけ上質な室内を異様な情景にしているのは、座る男たちの間を朱色の狐がのそのそと歩いていることだ。こんな場に狐がいたら、常ならば、すぐに屋敷の外へと追い出されるだろう。しかし、彼女を真剣な顔で取り囲む大人たちはその無礼さをとがめることもない。それどころか、狐の存在に目もくれないのだ。

ただ一人、少女だけが大きな瞳で狐の姿を追っていた。

その時――狐がぴたりと足を止めた。

そして、鼻先を数度上下させ、なにか考え込むようにする。

すると、狐がある方向を向き、ケン！　と一声鳴いた。

少女の表情が、ほんのわずかやわらぎ、「わかった」と言わんばかりに軽くうなずいた。

そして、狐から目線を離し、おもむろに口を開く。

「皆さま、失せものは南に――」

少女が言い終わる前に、男たちがばっと顔を見合わせた。

「南？」

「屋敷の南にはなにがある？」

「なにもない……いや、古い井戸がある。おい、おまえ、行ってこい！」

「はい！」

男が一人、座敷から駆け出していく。

男たちがそわそわした様子で待つ中、少女だけが落ち着いていた。

「――あった‼」

数分後、喜びに沸き立つ声が聞こえた。

少女は、少しばかり得意げな顔で微笑《ほほえ》む。

その微笑みは、確かに朱色の狐に向けられていた。

◇◇◇

「たくさんお礼金を頂戴《ちょうだい》できたね、辰砂《しんしゃ》」

少女が傍《かたわ》らの空間に笑いかけた。

少女の名前は津嶋咲綾《つしまさあや》。

歳《とし》のころは十六、七歳くらいだろう。小柄で、ほっそりとしているのが目につく。

袖《そで》も裾《すそ》も擦り切れかけ、つくろい跡だらけの安売りの銘仙《めいせん》の着物を、同じく擦り切れかけた帯で結んでいる。黒い草履《ぞうり》もところどころ塗りが剥《は》げていた。せいいっぱい身ぎれいにしようと着つけをきちんとしているのは見てとれるが、それでも着物も草履も粗末なのは隠せない。帯は季節外れの柄の木綿《もめん》だ。

すでに、明治から大正に時代は移っている。

モダンガールたちが闊歩《かっぽ》し、夜でもガス灯の明かりがきらびやかな帝都の大通り――銀座《ぎんざ》――を歩くにしては、みすぼらしい姿だった。

粗末なのは服装だけではない。

背中の中ほどまである三つ編みは、手入れが行き届いていないせいか、ぱさぱさでつやがない。眉を軽く覆《おお》うくらいに揃えられた前髪も、くすんだ色をしていた。

咲綾の瞳は大きい。くりっとした目元は印象的で、すっと流れるような目尻が醸《かも》し出す愛嬌《あいきょう》もある。とはいえ、その愛嬌を打ち消すほど荒れた肌が目立つ。栄養が足りないのだろう。痩《や》せた頰《ほお》はその年齢にしては平たく、せっかくの若さを損なっていた。唇も痛々しくかさついている。

だが、咲綾の眼差《まなざ》しは貧しさに濁《にご》ってはいない。瞳は利発に輝き、口角は機嫌よく引き上げられている。

装いはどうであれ、心が満たされている者の表情だった。

「あなたの姿がみんなにも見えたらいいのにね……みんな、わたしにだけお礼を言うんだもの。あのお屋敷でなくなった勲章《くんしょう》を見つけたのは辰砂なのに」

なにもない空間に向かって咲綾は話し続ける。

——否《いな》。

咲綾にだけは、そこにいる生き物が見える。ふっくらと毛並みのいい、狐のような生き物だ。

狐の「ような」というのは、自然の狐には有り得ない鮮やかな朱色をしているからだ。瞳の色も夜空の星めく金色に輝いている。

銀座の街には似合わない狐は、咲綾の足元をとことこと歩いていた。

しかし、街行く人々は、ものめずらしい朱色の狐の姿にも、それを連れている少女の姿にも目もくれない。

誰にも見えないということはいいことでもあるし、寂しいことでもある。そう思いながら咲綾は辰砂に話しかける。できるだけ人目を惹《ひ》かないように、声を潜めて。

「辰砂、お土産《みやげ》を買って帰りましょう。きっとお父さんも喜ぶわ」

ぶん、と朱色の狐——辰砂——が首を縦に振る。

「辰砂にはお揚げを買いましょうね。あなたは食べないけれど、匂いを嗅《か》ぐの、好きだものね。……わたし？　わたしはなにもいらない。早くお父さんの借金を返さないと」

だめだめ、と辰砂が体を左右に揺すった。

ふくふくしたそれに、咲綾が思わず笑みをこぼす。

「優しいのね。でも、そのためにこの仕事をしているんだもの。怖い部隊の話は聞いてるでしょう？　見つかる前にお金を貯《た》めなきゃ。あなたがいじめられたら大変よ」

明るく話す咲綾を、辰砂がじっと見つめる。

赤くてまるまるとした狐の辰砂は咲綾の忠実な従者だ。その赤色から、咲綾はこの狐に「辰砂」と名前を付けた。

咲綾にしか見えない不思議な存在、辰砂。しかし、咲綾はそれでもいいと思っていた。幼いころから、気がつけば辰砂は咲綾のそばにいた。母を亡くした咲綾の一番の友人だった。咲綾にとっては、それだけが大事な事実だったのだ。

それに、辰砂の目はとてもよく見え、鳴き声は穢《けが》れを祓《はら》った。咲綾が自身の家の貧しさを知ってからは、そんな辰砂の力を借りて、失せもの探しや簡単な祓《はらえ》で収入を得ることもできた。

――今日も、咲綾はさる名門の大家《たいけ》に呼ばれて、使用人に盗まれた勲章の行方を捜していた。

大家の主人を逆恨みした使用人は、どうなだめすかしても盗んだ勲章の行方を口にしなかった。かといって事件を表に出せば、帝《みかど》から賜《たまわ》った勲章を盗まれたと政府から重い罰が下る。

どうにもならなくなった大家が最後に頼ったのが咲綾だった。

そして、辰砂と咲綾は見事に勲章を捜し当ててみせた。

それだけならば、いいこと尽くしのようなのだが――。

咲綾には、辰砂の活躍を素直に喜べない理由があった。

それは、異形対策部隊の存在だ。

光が強ければ闇《やみ》も深くなるのが道理なのか、発展を続ける帝都に異形の怪物たちが跋扈《ばっこ》し始め、政府は異形を取り締まる異形対策部隊を組織した。ちょうど、十年ほど前の話だ。

当初、帝都の人々は異形の存在に懐疑的だった。

古い巻物や絵草子《えぞうし》の中の生物が現実になったと言われても、そう簡単には信じられまい。

しかし、実際に被害が出るにあたって、人々は異形の存在を不承不承ながら認めていく。

はじめは、黒い靄《もや》のようなものだった。

家の片隅《かたすみ》にとぐろを巻く黒霞《くろがすみ》。指で触れてもなんの手触りもなく、かといって箒《ほうき》や扇《おうぎ》で散らすこともできない。

そして、それの巣食った家々は、必ず不幸に襲われる。

家人の病のような直接的なものから、事業の失敗など、間接的なものまで。

それだけならまだ、気のせいともいえよう。

だが、靄はしだいに形を取り始めるものが出てくる。獣《けもの》だが、実在する獣ではない。人も、本来の人とはどこか違う。そんな違和感はあるが、はっきりとした形に。

色も、黒一色ではなく、それぞれの形にふさわしい色に。

異形は帝都を席捲《せっけん》した。

夜道で双頭の狼《おおかみ》に食い殺された商人、美しい男に言い寄られ気を許したところ、その男の髪に隠れたもう一つの顔に喉《のど》を嚙《か》み切られた娘。

それらは、異形の姿にふさわしい力を兼ね備えていた。

帝都は恐怖におののく。

そこで活動を始めたのが異形対策部隊だ。

人の身でありながら、異形と対等に渡りあい、屠《ほふ》っていく——彼らは、その力ゆえに、敬され、恐れられた。

噂《うわさ》では、彼らは情け容赦《ようしゃ》なく、どちらが異形かわからない残酷《ざんこく》さを持つという。

異形の手助けをしたと、幼い子供まで連行した話は咲綾も聞いたことがあった。

きっと、彼らの目には、辰砂が見えてしまう。辰砂も異形だと思われてしまう。そうすれば、辰砂はどんなひどいことをされるのか……想像するだけで、咲綾は怖くなった。辰砂は咲綾にとって、家族と同じくらいかけがえのない存在だ。

だから、本来ならば、辰砂が彼らに捕らえられないよう、咲綾は静かに暮らしたかった。けれど、家が借金だらけの現況ではそうはいかない。少女の身では仕事も限られている。辰砂とともに働くことが人の口にのぼるとわかっていても、やめることはできない。

咲綾にできるのは、借金を返し終えるまで、彼らに気付かれないよう、祈ることだけだった。

「ごめんね、辰砂。もっとお金があれば仕事をやめられる。ううん、せめて、あなたがみんなの目に見えれば、あなたはちっとも悪い子じゃないってわかってもらえるのに」

眉を寄せた咲綾の悲しげな声を、辰砂がひげを揺らめかせながら聞く。

しばらくして、へにゃりと辰砂の耳が倒れた。

「いいの。辰砂が気にすることじゃないわ。あなたがいるからわたしはお金を稼げるんだし……あなたがいるから、お母さんがいなくても寂しくないの。さ、元気を出して。お土産を買ったら、早く家に帰りましょう」

辰砂を促《うなが》す咲綾の隣を、ごおっと音を立てて、帝都でもめずらしい最新型の乗用車が通り過ぎていく。

ボンネットには赤色の小旗が立っていた。佐官級の乗る車である。

だが、咲綾はそんなことを知る由《よし》もない。

彼女は、彼女だけに見える辰砂と二人、連れ立って家路を急いでいた。

◇◇◇

「ん……!?」

乗用車の後部座席に背を預けていた男が、素早い動作で窓の外へ顔を向ける。

美しい男だった。

二十代の半ばに達してなお瑞々《みずみず》しい肌。その大理石を思わせる白さに、冴《さ》え冴《ざ》えと光る黒瞳が色を添えている。鼻筋は高く細く、薄く整った唇の下には、ぞろりと規則正しく並んだ歯列が隠されていた。

時に、とびぬけた美貌《びぼう》の持ち主は弱さも感じさせるものだが、彼からはそんな気配は微《み》塵《じん》もうかがえない。肩幅は広く、手足はしっかりと長い。かといって、それらが野蛮《やばん》な印象を与えるわけではない。彼は、中世の征服王のように優雅で獰猛《どうもう》な気品を身につけていた。

また、その姿に黒を基調とした制服が似合うのだ。

陸海のどの軍にも属しないその制服は、彼らの部隊だけのものだった。それは、軍服にしては西洋風の意匠がこらされたエレガントな作りだったが、だからこそ、彼の彫像めいた面差《おもざ》しにしっくりくる。

しかし、ここでどんな美辞麗句を連ねても、彼の美貌を完璧に表現することはできないだろう。誰もが胸に描く「美」というものを形にすれば、きっとこの男になるだろうが、それは言葉で表せるものではない。

強《し》いて言えば――月の光を濾過《ろか》し、残った結晶を集めて像にすれば、彼になるかもしれない、というだけだ。

「瀬能《せのう》隊長、どうかなさいましたか」

乗用車を運転していた、長い黒髪を背で一くくりにしていた男がバックミラーで瀬能を確認する。彼も、瀬能と同じ制服を着ていた。

「いや、なんでもない」

瀬能が、そう言いながら、もう一度後部座席に背を預ける。

その物憂《ものう》げな仕草さえ、うつりゆく星の光芒《こうぼう》を散りばめたようだ。

「車をお停めしましょうか」

運転手は尋《たず》ねながら乗用車を減速させる。瀬能の要望があれば、いつでもブレーキを踏むことができるように、という配慮だった。

だが、瀬能は首を横に振る。

「大丈夫だ」

そして、とん、と豊かな髪に覆われた自身のこめかみを突く。

「なにか……気配がしたかと思った。私の気のせいだろう」

「きっと神経がお疲れなのでしょう。三日三晩の掃討《そうとう》作戦、お疲れさまです」

ふたたびアクセルペダルに足をかけた運転手が、いたわる口調で告げた。

「おまえもな」

「私は徹夜に慣れております」

「それは私もだ。父からの使いがなければ、まだ片づけたい書類があったのだが……。最近の異形の増え具合はとてつもない。まるで蜘蛛《くも》の子だ」

「どこかに母蜘蛛がいるとお考えで？」

「それも視野に入れている。だが、今のままでは人手が足りない。市中の異形を制すだけで手いっぱいで、部隊が後手に回ってしまっている」

「巫女《みこ》の助けがあるとはいえ、異形を倒せるのは私たちだけですからね……せめて、あと一人でも隊員が増えると、隊長も少しは楽になると思うのですが」

「どれだけ武芸に優れていても、ただの人間には異形は倒せないからな。隊員を簡単には増やせぬ。これればかりは、帝のご威光をもってしてもどうにもならないことだ」

運転手が、瀬能に気づかれぬよう軽くため息をつく。

瀬能が職務の合間を縫って隊員候補を探しているのは、運転手も知っていた。

それが、空振りに終わっていることも。

車内の空気を変えようと、運転手があえて明るい声をあげた。

「とはいえ、隊長には、できればゆっくりと睡眠をとっていただきたく」

「いい気遣いだ。だが、それはきっと無理だろうな」

瀬能の口の端に皮肉な微笑が浮かぶ。

その意味を多少は知りつつ、運転手はあくまで触れないことを選んだ。

「……お送りは、本宅のほうでよろしいですか?」

遠慮がちなそれに、瀬能は微笑を浮かべたまま答えた。

「ああ。父の呼び出しだ。今日は、あちらへ」

広壮な和風の邸宅の前で乗用車は停まる。

邸宅は、人の背ほどの高い生垣《いけがき》に囲まれていた。手入れが行き届き、どの面からも小枝一つ飛び出していない見事な生垣だ。

その一角には二本の太い角柱が据えられ、圧迫感を覚えるほど大きな一枚板の門扉《もんぴ》がしつらえられている。

降車する際に二言三言を交わし、瀬能は運転手と別れた。

正門の前では、腰の曲がった老爺《ろうや》が瀬能を待ち構えている。

「お待ちしておりました、春臣《はるおみ》さま」

「私を？　今さら都合のいいものだな」

「お気に障《さわ》ったようで申し訳ありません。大旦那《だんな》さまのお言いつけです。お許しください」

冷ややかな声をかけた瀬能の後ろを、見かけよりずっとしっかりとした足取りで老爺がついてくる。

一歩門の中に入れば、そこはもう別世界だった。

百坪もありそうな広い庭には小粒の玉砂利《じゃり》が敷き詰められている。そして、ところどころに植栽された、松や桜が景色に野趣を添えていた。一見質素だが、玉砂利で描かれた枯《かれ》山水《さんすい》は、この庭に膨大な人手と時間が費やされているのを示している。

その庭の奥には、広げた翼のように左右に均整の取れた形の巨大な母屋《おもや》が位置していた。屋敷の白い壁を彩るのは見事な鏝絵《こてえ》だ。贅沢《ぜいたく》なことに、母屋の手前の土蔵や、背後にかすかに見える離れも鏝絵で飾られていた。

歴史と技術の交わる造りの邸宅だった。

瀬能の足が、規則正しく玉砂利を踏みながら歩いていく。彼の秀でた横顔からは、なんの感情も読み取れない。

瀬能家は、代々、霊的近衛《このえ》として宮中に位置した一族の末裔《まつえい》である。

陰陽師《おんみょうじ》が籍を置く陰陽寮《おんようりょう》や、神祇官《じんぎかん》が司《つかさど》ってきた神道とは違い、瀬能家はそれ一つが独立した家であった。そして、その独立に則《のっと》り、表舞台に出ることは少ないが、時の帝の側近としてよく仕えてきた。瀬能家の男子は霊力以外に剣技に優れることも求められ、時には帝の守護役も務めたのだ。

元寇《げんこう》を退《しりぞ》けた風を吹かせたのも瀬能家の娘たちの命を懸《か》けた祈禱《きとう》によるものだと、宮中には伝わっている。他にも、天明《てんめい》の大噴火の時はこう、戊辰《ぼしん》戦争の時はこう、とこまごまとした逸話には事欠かない一族だ。

明治維新により帝が東京に居を移してからは、瀬能家もそれに従った。現在では帝都で叙爵《じょしゃく》もされ、瀬能公爵家として華冑界《かちゅうかい》に隠然たる勢力を誇っている。

「父は」

「奥の院にいらっしゃいます。春臣さまを今か今かとお待ちでございます」

「奥の院……そうか、母も、か」

瀬能家の直系には人ならざる力が宿るという。

それは、瀬能も同じだった。

その力を使い、彼は帝の命のまま、皇軍に新設された部隊の二代目の隊長を務めていた。

隊の名は――異形対策部隊。


「春臣、遅かったな」

たどり着いた奥の院は、腰くらいまでの低い竹垣に囲まれた書院造の離れだった。

瀟洒《しょうしゃ》で、贅《ぜい》を尽くしたことがありありとわかる造りだ。違い棚に並ぶ茶碗《ちゃわん》は名のある陶工のものだろうし、床の間の掛け軸も壮麗な花鳥画が掛かっている。

しかし、そこには似つかわしくないものが一つあった。

布団だ。

三つ布団どころではない。幾重にも重なった敷布団の最上段には、絹の表地の上に長い黒髪が散っている。女が眠っているのだ。

そこだけが鮮やかな緋《ひ》の掻巻《かいまき》をかけた女の姿は、しとやかな姫君のようにも見える。歳《とし》は瀬能より少し下だろう。目を閉じていても、くっきりとした目鼻立ちがわかる。青ざめた頬も血の気の失せた唇も、どちらも気にならないくらいの美貌だ。

異様な眠り姫の足元には、初老の男が座っている。

見事な屋敷には見劣りがする、くたびれた風采《ふうさい》の男だった。

髪は白いものが交じり、上等の着物を着ていても、手足の筋肉の衰えは隠せない。なのに、目だけが妄執《もうしゅう》にぎらぎらと光っている。もとは悪くない風貌《ふうぼう》の男だったのだろうが、年月が彼の美点をすべて削ぎ落していた。

「なんとか言え、若造めが」

「申し訳ありません、父う……」

「私を父と呼ぶな!!」

叫びとともに、分厚い本が飛んできた。

瀬能はそれをよけない。投げつけられた本の角が鈍い音を立てて胸元に食い込んだが、瀬能は黙って男の下座に着座した。

「おまえなど、産ませなければよかった。おまえの顔を見るたびにはらわたが煮えくり返る。桂子《かつらこ》の血を半分引いていなければ、殺してやりたいくらいだ」

「生きる無礼を申し訳ありません、牙城《がじょう》さま」

「大無礼だとも。生かしておいてやる慈悲、ありがたく思え」

無言のまま、瀬能が頭を下げる。

膝《ひざ》の上に乗せられた瀬能のこぶしは、閉ざされた唇と反比例し、かすかに震えていた。目元にもひくりと震えが走る。

幼いころから理不尽な暴君として瀬能の上に君臨してきた牙城に、瀬能は精神的にも肉体的にも大きな傷をつけられた。その傷は、瀬能が父を凌駕《りょうが》する体格となっても癒《い》えることはない。

しかし、瀬能はあくまで平静を装い、牙城に問いかけた。

「私をお呼びだとうかがいましたが、どうかなさいましたか」

「――桂子が、夢枕に立った」

ははうえ、と言いそうになった瀬能が一度口を閉じ、また開く。

「桂子さまがお見えに？」

「そうだ」

牙城が、眠り続ける娘の手を取る。

「おまえを呼べ、と桂子に命じられたのだ。本来ならば私はおまえになど会いたくはない。この本宅に入れることも虫唾《むしず》が走る。だが桂子の命ならば仕方がない。だというのに、彼女を待たせおって！」

「次は同じことのないよう、努めます」

「当たり前だ、愚物《ぐぶつ》が」

桂子の手を撫《な》でながら、牙城が顔を歪める。そして、その表情をやわらげて、桂子へと向き直った。

「桂子、きみの客が来たよ。さあ、きみの声を聞かせておくれ」

だが、桂子は眠ったままだ。

牙城が桂子の体を揺する。

「私はきみをずっと待っているのだよ……桂子……桂子……お願いだから……」

牙城の懇願に応《こた》えるように、桂子ががばりと体を起こした。

その勢いに、搔巻が布団の上へと落ちる。だが、桂子は目を開けない。

操り人形が人形使いの手で起き上がったような、不自然な起床だった。

「桂子……！」

しかし、それだけでも牙城には充分だったのだろう。

感極まったように歓声をあげる。

「桂子、帰ってきてくれたね。きみの部屋はそのままにしてあるよ。着物もドレスも毎年あつらえさせているから、いつ社交界に戻っても大丈夫だ。きみとダンスをするのが、私は楽しみでならないよ……」

切々とかき口説《くど》く牙城を、瀬能はどこか痛ましく見ていた。

牙城がこうして喜ぶのは初めてではない。

むしろ――。

続けて牙城がなにか言いかけた時、桂子が大きく目を開く。

だが、その目はどこも見ていなかった。

「春臣」

花びらより可憐《かれん》な唇から漏《も》れるのは、低く濁《にご》った男の声だ。

「また……また、駄目なのかい、桂子……」

力なく伸ばされた牙城の腕には構わず、桂子が繰り返す。

「春臣、そなたに言い渡す。出会うべき人間が現れた。そなたの伴侶《はんりょ》である。心せよ、その者にはしるしがある。しるしは朱……神に守られた……娘……」

そこまで言ったところで、桂子の体は布団へと倒れ込んだ。

黒髪が舞い、ぱたぱたと表地へ落ちていく。

牙城が桂子にすがりつく。

「どうして……どうしていつも、きみではないんだ……！」

それは、悲痛な叫びだった。

「今度こそ、今度こそきみが目覚めると思ったのに！　その上、今度も春臣にだけ……せめて私にも言葉を……」

桂子と呼ばれるこの娘……その正体は、ほかならぬ牙城の妻だった。

牙城との結婚後、事故で子をなせぬ体になった桂子はくるうほど悲しみ——最後には子を生み出す禁忌《きんき》の術に手を出したのだ。

その代償は大きかった。

初めこそ、無事に子をなせたとひたすらに歓喜していた牙城たちだったが、桂子の腹の子が大きくなるにつれ、そんな単純なものではないと気づく。

桂子の手足はしびれ、細くなり、次第に動かなくなっていく。痩せた桂子の健康を保つため、牙城は精一杯の食事を手配した。按摩《あんま》も大勢呼んで、桂子の手足を撫でさすらせた。

だが、なにをしても追いつかないのだ。桂子の衰弱はひどくなるばかりだった。

まるで、腹の子が、母である桂子を食い殺そうとしているかのように。

そして桂子は臨月を迎え、一人の男児を産み落とす。

すでに桂子の意識はなく、それは子を産んでも同じだった。

爾来《じらい》、二十数年、桂子は眠り続けた。

これも禁忌を犯した罰なのか、子を産んだ時の姿のまま、年老いることもなく。

このとき生まれた男児が、瀬能春臣である。

「お願いだから、もう一度、目を開けておくれ……」

涙までこぼす牙城を横目に、瀬能が桂子に向かって頭を下げる。

「桂子さま、ご託宣をありがとうございます」

瀬能にとって、目の前の痩せた女は母だとうまく認識できない存在だった。

母と接することが少ない、などという名家にありがちな理由ではない。

桂子の眠りのわけを瀬能の誕生のせいだと考えた牙城が、瀬能を徹底的に桂子から遠ざけたからだ。

瀬能は幾人かの乳母《うば》から順繰りに授乳され、桂子に近づくことも許されなかった。

憎み、けれど、桂子の子であり唯一の跡継ぎだと思えば、殺すこともできない。

相反した感情の炎は牙城を焼いていく。

とはいえ、牙城も父らしくあろうとしたことはある。「春臣」と名付けたのも牙城だ。

その牙城を根源的に壊したのが、いつまでも老いない桂子の姿だった。

ともに生きられないならそれでもいい、せめて、最期の眠りについた後は同じ墓に、と諦《あきら》めを覚えかけた牙城に、老いることを知らない桂子の姿が現実を突きつけたのだ。

――自分が死んだ後も桂子は若いままなのでは？

――自分が死んだ後、年若い桂子が目覚めたら、他の男と違う人生を始めるのでは？

牙城はくるった。

桂子のそばからなかなか離れなくなり、二人で過ごすための奥の院を建てさせることからそれは始まった。そして、さらに牙城の行動は常軌を逸していく。

牙城は、初代の異形対策部隊隊長として、帝直々《じきじき》の任を受けていた。

そんな、瀬能家にとってある意味爵位より重要な部隊の職務さえ、桂子とともにいたいと牙城は投げ出すようになった。部隊が結成されて数年。最終的に牙城の代わりに部隊をまとめ上げたのは、まだ十七歳だった瀬能だ。

桂子の体に搔巻をかけ直してやりながら、牙城が吐き捨てる。

「失せろ、春臣」

「……かしこまりました」

瀬能が、もう一度深く礼をし、奥の院を辞そうとする。

その後ろ姿に、牙城が今度は文鎮《ぶんちん》を投げつけた。

「なぜおまえばかり……！」

桂子が、こうして形ばかり目を覚ますのは初めてではない。

幾たびか、桂子は牙城の夢枕に立っていた。

だが、牙城にとっては屈辱《くつじょく》的なことに、桂子はいつも「春臣を呼んで」としか言わないのだ。

それでも、桂子の願いだから、と瀬能を呼べば、桂子は牙城が聞いたこともない男の声で一方的に喋《しゃべ》り、また眠りについてしまう。

一度だけ、泣き叫んで「なぜだ」と尋ねる牙城に、男の声のままの桂子が答えたことがある。

――「これは、託宣である」

それ以上の声はなかった。

◇◇◇

「ただいま、お父さん」

粗末な長屋の引き戸を開けて、咲綾が上がり口に座っていた父へと笑顔で声をかける。

九尺二間の典型的な裏長屋だ。

戸を開けてすぐに目に入るのが、玄関と台所が一体化した土間だ。その奥の一段高いところには四畳半の板の間が広がる。

裏長屋では、風呂は湯屋に行き、手洗いは長屋の外れにある共同のものを使うしかない。茶の間と寝室の区別もない。生活のすべては四畳半の板の間で済ませるしかないのだ。食事のときは板の間にちゃぶ台を出し、眠るときはちゃぶ台を片づけ、そこに布団を敷く。

板の間で草鞋《わらじ》編みの内職をしていたらしい咲綾の父――充弘《みつひろ》――が、咲綾の声に手を止めて振り向く。

「おかえり、咲綾」

充弘は、咲綾に屈託のない笑顔を向けるところだった。

下町住まいにしては線の細い、穏やかそうな男だ。

「お父さん、また無理していたの？　寝ていてって言ったじゃない」

「おまえにばかり苦労をかけるわけにはいかないよ。草鞋編みなら家でできるからね」

「だから病気がよくならないのよ」

板の間に上がった咲綾が、「もう」と口を尖らせて、充弘の手から編みかけの草鞋を取り上げようとする。

「お父さんは肋膜《ろくまく》がよろしくないのだから」

「しかし、黙って座っていても金が入ってくるわけじゃない」

充弘に草鞋を引っ張られ、咲綾が肩をすくめた。

「お父さんてば、強情ね。じゃあ、ひとまず今日はお金が入ってきたから寝てくださいな。今、お布団を敷きます。あ、これはお土産。肺にいいシロップですって」

充弘の手から草鞋を引き離すことを諦めた咲綾が、代わりに土産の包みを手渡す。それから、充弘の横に継ぎの当たった布団を敷き始めた。

咲綾はふふ、と鼻歌を歌いながら、楽しそうに作業をしている。

傍らの辰砂も、咲綾の歌に合わせてぽむぽむと毬《まり》のように跳ねていた。もちろん、その姿は充弘には見えない。目をやった咲綾が軽く微笑むだけだ。

充弘はひとまず気のすむところまで草鞋を編むことを決めたのだろう、新しい稲わらを手に取って咲綾に軽く頭を下げた。

「すまないね」

「いいの。わたしが好きでやってることだもの」

「でも、私が借金を背負って破産しなければ、おまえもこんなところに住まず、女学校に通えたはずなんだ……だから、私は少しでもお金を稼ぎたいんだよ」

「それでまた体を悪くしたら、かえって薬代がかかります」

きりっと眉毛を引き上げた咲綾に指を差され、充弘が困ったように頭をかく。

充弘は、優しい、優しすぎる男だった。

旧家の生まれで、中途半端に財産があったのも彼にはよくなかった。

彼の財産という砂糖にたかる蟻《あり》は多く、咲綾が生まれたころには、ほとんど食い尽くされていた。それどころか、彼は友人を名乗る者にも騙《だま》され、財産の数倍、数十倍の借金を背負うことになった。

もちろん、充弘もそれでよしとしたわけではない。

働いて、借金だけでも返そうとはした。せめて、妻と娘には不自由のない生活をさせたい、日も当たらぬ裏長屋に住む娘を学校に行かせてやりたい。

彼は馬車馬のように働いた。

仕事だと声をかけられれば、どんなことでもした。育ちのいい指先はいつしかひび割れ、爪には土が食い込む。それでも充弘は、必死で働き続けたのだ。

だが、不運は重なるものだ。

肺を病んだ彼は、長く働くことができない体になってしまった。

「おまえにはかなわないなあ」

「そうよ。お父さんの娘ですもの。……はい、お布団を敷きました。さ、藁《わら》から手を離して、早く寝てくださいな、お父さま」

布団を敷き終えた咲綾が、ぽん、と枕を叩く。

充弘の作業している場所をよけて布団を敷くと、狭い部屋はいっぱいになってしまった。

「お父さま」と呼ばれた父が、面映ゆそうに編みかけの草鞋を床に置く。ごそごそと、あたりに広げていた内職道具も片づけ始める。

「わかりました。だが、『お父さま』なんて、私はそんなに偉くないよ」

「お黙りくださいまし、わたしの大好きなお父さま」

流行《はや》りの山《やま》の手《て》言葉の真似をして、咲綾がくすくすと笑う。そうすると、大きな瞳と形のいい眉があいまって、咲綾は育ちのいい令嬢にも見えた。

そんな咲綾を見て、充弘も口元をゆるめた。

「かしこまりました。では、咲綾嬢の厚意に甘え、臥《ふ》せるといたしますか」

「そうしてくださいまし。……ところでお父さん、弘樹《ひろき》はどこ？」

一転して元の口調に戻った咲綾が、布団に潜り込んだ充弘に聞いた。

「弘樹かい、あの子は出来上がった草鞋を履物屋《はきもの》に届けに行ってくれてるよ」

「あら、感心だこと。でもそろそろ夕飯よ。どこで寄り道してるのかしら」

「仕方ない。弘樹は遊びたい盛りだ。その辺で友人に行き会ってしまったんじゃないか?」

「かもしれないけど……」

「なに、夕飯までには家に帰るよう言いつけている。あの子はちゃんと帰ってくるよ」

弘樹は咲綾の弟だ。

やんちゃざかりの彼も、咲綾たちの尽力の甲斐《かい》あってか、素直に育っている。父に言いつけられたのならば、それを破ることはないだろう。

「そう。じゃあ、わたしはお夕飯の支度をするわ。お父さん、今日はたくさん食べられそう?」

「ああ、そうだね。気分がいいからしっかり食べられると思う」

「よかった！　今日は奮発して卵を買ってきたの。どうお料理しようかしら。お味噌《みそ》汁に落とすのが、弘樹もお父さんも好きよね」

「任せるよ。すまないね、母親代わりのようなことをさせて。せめて、結実《ゆうみ》が生きていてくれたらなあ」

「お母さんのことは言わない約束でしょ」

咲綾の母の結実は、もうこの世にはいない。

働けなくなった夫の代わりに家庭を切り盛りしていた結実だったが、弘樹を産んでしばらくして、「胸が苦しい」と倒れ、それから起き上がることはなかった。

充弘は、苦労をかけた自分のせいだと、それをひどく悔いていた。

「わたしは弘樹もお父さんも好きなの。だからわたしがしてることは、別にお母さんの代わりじゃない。したいから、してるのよ」

炊事《すいじ》のために前掛けをした咲綾が、腰に手を当てて胸を張る。頬にはすがすがしい笑みが浮かんでいた。

素朴《そぼく》な愛らしさを持つ咲綾には、そんな恰好《かっこう》がよく似合う。

しみじみと、咲綾は自分にはもったいない娘だと充弘は思った。咲綾が不平や不満を言っているのを、充弘は聞いたことがない。

充弘が、掛け布団をぐいと持ち上げた。

涙のにじんだ目元を、娘には見せたくなかった。

「……おまえみたいな娘を持って、お父さんは幸せだよ」

そして、ようやくそれだけを絞り出す。

「本当？　わたしも、お父さんの娘で幸せよ」

咲綾がくしゃっと目尻に皺《しわ》をよせ、満面の笑みを浮かべた。

辰砂が「よく言った」と言わんばかりに床の上を跳ねまわる。

その様子を、咲綾は目を細めて眺めていた。

父の目には辰砂の姿が映らないとわかっていても、自分の大切なものが、もう一つの大切なものを寿《ことほ》いでくれるのが、咲綾には嬉《うれ》しかったのだ。


「姉ちゃん、これ、つくろってくれる？」

食事の後、穴の開いた着物を隣に座る弘樹から手渡され、咲綾が眉をひそめる。同時に、咲綾の手元を覗《のぞ》き込んだ辰砂もどことなく呆《あき》れた目をした。

弘樹は今年で十歳になる少年だ。大きな瞳がはっきりした顔立ちは、咲綾と同じく母によく似ている。ただ、口と顎《あご》の形は、父の充弘を思い出させるものだ。

「派手に穴を開けたわね。今度はなにをしたの？」

「今日、父ちゃんのお使いの帰りにみんなに会ったとき、度胸試しに木登りしたんだよ。そしたら、枝に引っ掛けちゃってさ」

しれっと言う弘樹に、咲綾が渋い表情を浮かべた。

「元気なのはいいけど、危ないことはしちゃだめよ。心配してるんだから。……お父さんも笑ってないで弘樹を注意して」

姉弟《きょうだい》のやりとりをほのぼのと見守っていた充弘に、咲綾が声をかける。

充弘が笑いをこらえるように、口元に手を当てた。それから、ほんのわずかな間をおいて、咲綾に頭を下げる。

「いや……すまない。咲綾がお母さんに見えて……」

「母ちゃんってこんなにおっかなかったの!?」

目を見開き、食い気味に弘樹が聞く。

とうとう、充弘が声をあげて笑った。

咲綾は、そんな父を横目に、彼女にしてはひどく低い音で弟に呼びかけた。

「弘樹」

まずい。これはかなり怒っている。

そう思った弘樹が、逃げ場を探して視線をきょろきょろと動かした。そして、狭い家の中、逃げる場所などないと覚悟した弘樹が、咲綾とは目を合わせずに返事をする。

「……はい」

「わたしがお母さんなら、弘樹は今ごろお尻を叩かれています」

「ごめんなさい……」

幼いころに母と死に別れた弘樹にとって、その姿はおぼろな面影でしかない。

それよりも、家事の一切を引き受けてくれる姉と、優しく話を聞いてくれる父が、弘樹の世界のすべてだった。

小さくなった弘樹を庇《かば》うように辰砂が寄り添う。

弘樹からは辰砂が見えないとわかっていても、そうする辰砂がいじらしい。

咲綾が、愛《いと》しいもの二つを視界に入れて、ふう、とため息をつく。

「あのね、お姉ちゃんは好きでこんなことを言ってるんじゃないの。怪我をしたら痛いのは弘樹なの。わたしは弘樹に痛い思いなんかしてほしくないのよ」

「そうだね、咲綾。おまえの言う通りだ。笑ったりしたお父さんも悪い。弘樹、お父さんもお姉ちゃんもおまえを大事に考えてる。だから、おまえにはうっとうしいかもしれないけれど、細々としたことを言うんだからね」

「……わかった」

弘樹がうなずく。その背に咲綾が軽く触れた。

「もう一声くださいな」

先ほどまでとは違うおどけた調子で咲綾に言われて、しょげていた弘樹がにこっと笑った。

「うん、次からは気をつけるよ。姉ちゃんたちに心配をかけないようにする」

「よく言いました。この着物は明日しっかりつくろっておくわ。今日はもう寝ましょう。ランプの石油がもったいないない」

咲綾が、家に一つしかない石油ランプを指さす。

裕福な家庭には電気灯が普及し始めていたが、その恩恵が裏長屋までくるのはまだまだ先だった。

それでも、ろうそくや行灯《あんどん》の明かりより随分《ずいぶん》ましだ。古ぼけた石油ランプを咲綾たちは大切に使っていた。

咲綾に従い、すでに敷き終わっている布団に弘樹が向かう。

辰砂も夜間の定位置である部屋の隅にうずくまった。そして、もふ、と一度大きくあくびをして、頭を床につける。

弘樹が掛け布団と敷布団の間に足を差し入れながら、さっきまでよりあどけない口調で咲綾に尋ねた。

「あのさ……姉ちゃん、寝るときに子守歌を歌ってくれる？」

子どもらしい弟の申し出を、咲綾はからかわずに快諾した。

「いいわ。ゆりかごの歌を歌いましょうか」

「母ちゃんが好きだった歌？」

「ええ。お母さんがよく歌ってくれた歌。ね、お父さん」

「そうだね。お母さんもそうやって咲綾を寝かしつけてたっけ。母さんは本当にカナリアのような声をしていたよ」

昔を思い出し、充弘が遠い目をする。

そんな父には気づかず、無邪気に弘樹が聞き返す。

「姉ちゃんより？」

「お姉ちゃんと同じくらいさ」

「じゃあ、すごく綺麗《きれい》な声だろうね。俺、姉ちゃんの声、好きだ」

「褒めてもなにも出ないわよ。ほら、もう明かりを消すわ。布団に入って」

咲綾が、息を吹きかけて火を消すために、石油ランプの火屋《ほや》を持ち上げる。

咲綾と弘樹は一緒の布団で寝ているため、板の間には二つの布団が並べて敷かれている。

もう少し仕事のお金が入ったら、弘樹にも布団を買ってやりたい。それが咲綾の最近の夢だった。

「じゃ、消すわね。二人とも、おやすみなさい」

「おやすみなさい。歌うの、忘れちゃいやだよ」

「ちゃんと覚えてるわよ。それより、手も足もしっかりと布団に入れた？　まだ春先だし、風邪をひくといけないわ」

「俺はもうそんなに子どもじゃないもん。大丈夫だよ、姉ちゃん」

「ならいいの」

弘樹に微笑みかけた咲綾が、ランプの火に唇を寄せる。

そして、ランプを一息に吹き消そうとしたその時――。

勢いよく、長屋の引き戸が開かれた。

「な……!?」

咲綾が声をあげる。唇から微笑みがかき消えた。驚きに強張《こわば》った瞳は大きく見張られ、突然戸が開いた玄関へと向けられている。

長屋に、西洋風の見慣れない軍服を身にまとった男たちが乱入してきたのだ。

最新式のランタンをかかげた男を先頭にして、数人の男たちがずかずかと土間を踏み荒らす。

なにもかも、無言のままだ。

強盗でももう少し愛想がいいだろう。

我に返った充弘が、布団から起きあがり、咲綾のもとへ向かおうとする。反射的に子どもたちを守ろうとしたにちがいない。

だが、その間を両断するように、闇にきらめく刀身が振り下ろされた。

ひゅっと空気を切る音。

思わず身をすくめる三人の前に、美しい影が進み出た。

薄闇の中、そこだけがくっきりと輝いて見えるほどの美貌。

ふっさりとしたまつげに縁どられた瞳がまたたく。極地の氷を名工が彫り上げればかくや、とばかりの、ひんやりした眼差しが咲綾へと向けられた。

「おまえが、帝都を騒がす異形使いか」

物騒な言葉とともに、よく研《と》がれた刀の刃先が咲綾の喉元へと突きつけられる。

「なにを言ってるの!?　あなたは何者!?」

「私は瀬能春臣。異形対策部隊、隊長」

静かな声だった。

静かすぎて、恐ろしいくらいの。

「帝より命を受け、異形を殺すために生きている」

とうとう来てしまった、と咲綾は跳ね上がる心臓のあたりに手を当てた。

異形対策部隊。

あれほど恐れた部隊の名だ。

それでも咲綾は、必死で平静を装う。目線も、声も、揺れないように。辰砂に「隠れて」と念を送りながら。

「な、なにかの誤解だわ。わたしたちは異形なんかとは関わり合いのない生活を送っています！　ね、お父さん」

「その通りです。なんですか、こんな夜更けに、藪《やぶ》から棒に。いくら帝でも横暴……」

そこまで充弘が言ったとき、火花がばちりと彼の口元で弾けた。

「痛っ」

「今は隊長が喋ってるんだ、黙りなよ」

瀬能の後ろにいた小柄な人影が、物憂《ものう》げに言葉を吐き出す。充弘へとまっすぐに伸ばされた人差し指は、線香花火のようにぱちぱちと光をまとわりつかせていた。

「この家は異形を飼っていると密告があった。狡猾《こうかつ》な性質で、姿を見せたことはないが、この家の娘にとり憑《つ》き悪行をなしているとな」

「そんな……！」

驚きのあまり、咲綾はそれ以上言葉を続けられない。

だって、誰が、そんなことを？

辰砂とお仕事をした家は、みんな喜んでくれたわ。辰砂の力は、誰かを助けるためにしか使ってないもの。

それが、どうしてこんなことになったの？

——もしかして、わたしは裏切られてしまったの？

「部下の遁甲盤《とんこうばん》にも異形の反応が出ている。なによりにおいは隠せない。ここに満ちているのは人ならざる者のにおいだ。さあ娘、異形を差し出せ」

つっと、瀬能の刀が咲綾の襟《えり》元を撫でる。

「それとも、その胸を断ち割ってほしいか？」

キッと咲綾が瀬能を見据えた。強い意志のきらめきが咲綾の双眸《そうぼう》を彩る。咲綾に辰砂を売る気はなかった。

「ですから、ここに、異形なんていません」

声が震えてしまうのを、必死で抑えながら咲綾が言う。

「姉ちゃん、どういうことなの？」

「弘樹、大丈夫よ。お姉ちゃんに任せなさい」

「でも……！」

「目をつぶっていて。怖いことはすぐに終わるから」

「勇《いさ》ましい娘だ。だが、それがどこまで続くか」

鋭い刃先が、咲綾の首筋の皮膚《ひふ》を押した。

ぷつりと、小さな赤い球が浮かび上がる。

「脅しではない」

瀬能が麗《うるわ》しいバリトンで告げる。

「いいのか、娘」

「――いいわ」

咲綾の表情が毅然《きぜん》としたものに変わる。

咲綾は、覚悟を込めてそう口にしていた。

その時。

赤い塊《かたまり》が、咲綾と瀬能の間に飛び込んでくる！

「辰砂！」

いつもの、もふもふとした愛らしい姿ではない。野生の狐そのままに、手足には鋭い爪が生え、丸かった目は細く吊り上がっている。尖った牙も口の端から覗いていた。

咲綾も見たことがない、恐ろしく狂暴な姿だ。

普段の倍ほどの大きさになった辰砂は、全身の毛を逆立てて、咲綾を守るように瀬能の前に立ちふさがっていた。

「駄目よ！　出てきちゃ！」

必死で叫ぶ咲綾には従わず、辰砂は口を大きく開け、一声吠《ほ》えた。前足がきつく踏みしめられ、今にも飛び掛かりそうに背が弧《こ》を描く。

「これは……大きく育て上げたものだ」

やはり、この男には辰砂が見えてしまうのだ。

咲綾は、初めて同類に会えた感慨を覚える間もなく、泣きたくなるような思いで辰砂に命令した。

「辰砂、逃げて！」

「逃がすな、青葉《あおば》」

咲綾に刀を突きつけたまま、瀬能が背後に控える人影に声をかけた。

「隊長、でも」

「仏心か？」

「違う。そいつの姿が、僕には見えない」

「なんだと？」

「においはする。物部《もののべ》の遁甲盤も反応してる。でも、僕の目にはなにも見えない。ごめんなさい……」

　瀬能が眉根を寄せた。

　青葉は忠実な部下だ。瀬能に嘘《うそ》をつくことはない。

　ということは――。

「他の者にも、これは見えていないのか？」

　隊員たち全員が首を動かした。はっきりと顎を上下させる者、おずおずとした者、それぞれ違いはあったが、首肯という点では一致していた。

「これだけの異形、我が隊員に見えないはずがないのだが……」

「し、辰砂は神さまだもの！」

　必死な顔で咲綾が叫ぶ。

　苦し紛《まぎ》れの一言だった。これまでそんなことは思ったこともない。けれど、咲綾の中で、不思議な力を発揮する生き物の名は異形と、神くらいしか思い当たらなかったのだ。

　もちろん、辰砂が悪行をなす異形であるはずがないと咲綾は信じている。ならば、残るのは神だ。

　それに、この時を逃したらきっと誰も自分の言うことは聞いてくれない。そう考えた咲綾は、精一杯の大声を絞り出す。

本当は、怖い。怖くてたまらない。

でも、辰砂を殺されてしまうことはもっと怖い。

「異形じゃない！　辰砂は人間を襲わないわ！　そ、そうよ！　不思議な力は神さまだからよ！　辰砂はわたしの家族なんだから！　ずっとわたしを助けてくれたんだから！　だから今度は、わたしが辰砂を助けるの！」

その咲綾の一言を最後に、しん、と、その場には似合わない沈黙が長屋を支配した。弘樹は、泣き出しそうなのを必死でこらえている。

異形対策部隊はよほど統率の取れた部隊なのだろう。

隊長である瀬能が口を閉ざせば、全員が、ぴたりと動きを止めた。

「なるほど」

静けさの中、瀬能が何度かゆっくりとうなずく。

荒れ果てた時間から切り離された、優雅な動きだった。

「かみ、神、その上、赤い」

その優雅さのままに、瀬能が舌の上で言葉を転がす。

「心せよ、その者にはしるしがある。しるしは、朱の神。そうか、そういうことか」

「どうしたの？　隊長。この小娘、やっつけなくていいの？」

「今のところは、いい」

青葉に質問された瀬能が、首を横に振る。

咲綾はわけもわからずそれを眺めていた。

自分は助かったのか？　それとも？

戸惑う咲綾に、瀬能が問いかける。

「この異形はおまえを守っているのか」

「ええ。辰砂はすごく優しいの。密告者とやらに聞いてみなさいよ。辰砂が誰か襲ったことがあるか――！」

「確かに、被害報告はあがっていない」

「だったら」

帰って、と言いかけた咲綾を瀬能が遮《さえぎ》った。

「しかし、異形は存在自体が悪。殲滅《せんめつ》するのが我ら部隊の務め。たとえおまえが辰砂と名付け、神と信じて愛《め》でていてもな」

咲綾が歯を嚙みしめる。恐ろしさを封じ込めるように。

「だが娘よ、恐らく、私たちの出会いには意味がある」

瀬能が、ゆっくりと刀を鞘《さや》に戻した。かちり、とかすかに鯉口《こいくち》が鳴る。

「娘、おまえの名はなんと言う?」

瀬能の視線が辰砂から咲綾に移った。

この場にふさわしくないほど黒く澄んだ瞳に咲綾が息を呑《の》み、それからおずおずと自らの名を口にした。

「……咲綾。津嶋咲綾」

辰砂を守ると決意した先ほどまでの凛々《りり》しい姿とは違い、年相応の迷いや戸惑いの読み取れるいじらしい姿だ。

「そうか。津嶋家の娘よ、私とともに来い。そうすれば、辰砂に手は出さない」

「え?」

突然の瀬能の発言に、咲綾が首をかしげる。

「……嫌だと言ったらどうするの……」

瀬能の言っていることはめちゃくちゃだ。そのくらいは咲綾にもわかる。

咲綾の問いに、瀬能はあくまでも涼やかに答えた。

「どうしようもない。託宣は下された。私は、なにがあってもおまえを連れて行く。もしおまえが逆らえば、我が隊の全力をもって、そこの『辰砂』を退治するだろうな」

「でも、あなた以外に辰砂は見えない」

「私たちを見くびるなよ。見えないのならば、それなりの殺し方がある。おまえに選べるのは、辰砂を生かすか殺すかだけだ」

瀬能が一歩前に踏み出すと、背後の軍服の男たちもそれにならった。夜影に、彼らの手持ちの武器が光る。

「聞くぞ、娘。辰砂を助けたいという言葉は嘘だったのか?」

「嘘じゃない……!」

「ならば、こちらへ」

瀬能が、咲綾へと手を差し伸べた。

しなやかな中にも節と傷跡が目立つ、戦って生きてきた男の手だった。

「私の手を取れ」

「でも」

迷った咲綾が、辰砂に目をやる。

辰砂の金色の双眸が、何度か困ったようにまたたいた。

「……自分はどうなってもいい……そう言ってるの、辰砂……?」

辰砂の体がしぼむ。

いつも咲綾に見せている、ふくふくと丸い、愛らしい姿だ。爪も牙も、もうそこにはない。

咲綾の腕に、辰砂が体をすりつける。

すべらかな毛並みが咲綾の肌をくすぐった。

「だめよ……できない……あなたを犠牲にするなんてできない……」

涙に詰まった声で、うつむいた咲綾が辰砂の頭を撫でる。

何度かそれを繰り返して、咲綾はぐいっと頭を上げた。

瀬能を見つめる端麗な瞳には、涙ではなく、決意の光がきらめいている。

「わかったわ。わたしはあなたと一緒に行く」

「姉ちゃん!?」

「咲綾！」

弟と父に叫ばれ、咲綾がゆっくりと後ろを振り返った。

そこにあるのは、大切な家族の顔だ。

二人と別れるのは、身を切られるようにつらい。

それでも咲綾は微笑んだ。

これからの二人の悲しみを、できるだけ減らすことができるように。

「ごめんなさい。お父さん、弘樹。きっと意味がわからないわよね。二人にも辰砂は見えないんだもの。でも……辰砂も私の大事な家族なの」

ようやくそれだけを言った咲綾に、充弘が問いかける。

「それは、おまえがお揚げをお供《そな》えしていた友達か？」

「──っ、お父さん、気づいていたの」

予想外の言葉に、咲綾がはっとする。

辰砂が誰にも見えないと気づいてからは、余計な心配をかけないためにも、辰砂の気配はできるだけ生活から消していたはずだった。充弘に辰砂の存在は漏らしたことはない。

だが、充弘は場違いなほど穏やかに微笑んで応じた。

「なんとなく、な。倹約家のおまえがいつもより多くお揚げを買ってくる。なにをするかと思えば神棚のあたりにしばらく置きっぱなしだ。お父さんの知らない何かを信仰しているんだと思っていたよ。でも、おまえの正気を疑うようで、聞けなかった」

「俺も、姉ちゃんがたまに隅っこを見てにこにこしてたの知ってるよ。それが辰砂なの？」

弘樹にも聞かれ、咲綾が泣き笑いのような表情でうなずく。

知られていたなら、二人に正直に言えばよかったのだろうか。そうすれば、こんなことにはならなかったのだろうか。

「なんで！　そんな見えないのより、俺たちを選んでよ！　姉ちゃんを取る奴なんて嫌いだ！」

辰砂が悲しげにうつむく。弘樹の言うことをきちんと理解しているのだと見てとれる姿だ。

咲綾が目を伏せた。

弘樹と辰砂、どちらも咲綾にとっては比べようがない存在だ。

——さっきまで、あんなに楽しく過ごしていたのに、どうしてこんなことになってしまったんだろう。

咲綾の胸をよぎるのは、誰のせいでもない悔恨だった。

ぼろぼろと崩れていく日常を、少しでもつなぎとめたくて、咲綾は微笑み続ける。

「弘樹……ごめんね。でも、お姉ちゃんはあなたが大好きよ」

そして、瀬能へと向き直った咲綾が、背筋を伸ばして告げた。

「わたしからもあなたにお願いがあります。わたしが働かなくちゃ、お父さんたちは生きていけないんです。あなたの言うことは聞きます。だから、わたしに働いて仕送りをさせることを許してください。お願いです。下働きでもなんでもします。あなたは偉い人なんでしょう？　あなたの家でわたしを働かせてください」

そして、瀬能の手の上に、自らのてのひらを乗せる。

「約束して。わたしは、あなたの手を取るから……！」

その時、咲綾の指先を見えないなにかが叩いた。瀬能の手まで揺れる強さだ。

驚きに、咲綾が体をすくませる。

瀬能が、逃げかけた咲綾の手を強く握りしめた。

「大丈夫だ」

「でも」

「心配はない。これも、私とおまえが正しいというしるしだろう」

瀬能が、初めて笑った。

花開くようなそれに、咲綾は気圧《けお》される。

本物の美しさは、夜の闇にも、なにものにもかき消されないのだと、咲綾は知ったのだ。

瀬能の腕が、咲綾をぐいと引き寄せる。

「なるほど、この家は金が必要なのか」

真顔に戻った瀬能に直截《ちょくせつ》に聞かれ、咲綾は頬を赤らめた。

それを堂々と口にできるほど、咲綾は恥知らずではなかった。

しかし、瀬能は咲綾の無言の肯定に気づいたのだろう。「問題ない」と応じる。

「瀬能家が、これからはこの家の面倒を見る」

本当？　と咲綾が瀬能の顔を見上げた。

「おまえを受け取るための支払いだ。下働きもする必要はない。瀬能家はそれほど人手には困っていない」

「じゃあ、わたしは、なんのために」

咲綾の問いに瀬能は答えることはない。無言のまま隊員たちに向き直り、淡々と告げるだけだ。

「今日の作戦はこれで仕舞いだ。異形は殲滅した。帝にはそうお伝えしろ。いいな」

「え、隊長、こいつ、やっつけないの？　においはするのに見えないとか、たち悪くない？」

一人だけ、不満げに腕を組む青葉に、瀬能は首を振る。

「桂子さまの託宣は、他のなにより優先される。帝には後で私から説明しよう」

「つまんないの」

そう漏らす青葉には構わず、瀬能が有無を言わせぬ力で咲綾の手を引いた。

「行くぞ。瀬能の家へ」

◇◇◇

朝を告げる鳥たちの鳴く音が、咲綾の耳朶《じだ》を打った。

眠れぬ夜は終わり、夜明けが空を青く染める。

咲綾は布団の中で手足を伸ばす。

いつもとまったく違う感触だ。

ふわふわとやわらかな綿入れ、すべらかな絹の手触り、頭を支えるのは、硬くしっかりとした箱枕。

咲綾がゆっくりと体を起こす。

そのまま、まだ眠気に重い頭をぐるりと回した。

昨晩は闇の中でよく見えなかったが、あたりの風景も、これまで過ごした裏長屋とは異なっていた。

質素だが造りの丁寧な一軒家の一室だ。広さも六畳はある。

まともな畳もなかった咲綾たちの裏長屋とは反対に、少し色は変わりかけてはいるが、麻縁《あさべり》の手入れの行き届いた畳が敷かれていた。

押し入れの襖《ふすま》は墨絵《すみえ》の山水画で、とても落ち着いた雰囲気だ。

部屋は廊下に面しているのだろう。皺ひとつなくぴんと張られた障子戸《しょうじど》が、部屋の片面には張り巡らされていた。

「あの軍人さんの家……」

障子戸を通って、朝日が咲綾の顔を照らした。

窓もない長屋の生活に慣れていた咲綾には、その程度でもひどく明るく感じる。

咲綾が手で顔を覆う。

日の光がまぶしいから、と自分に言い訳をしたけれど、それだけでないのは咲綾にもわかっていた。

鼓動が速い。不安と、辰砂も自分も無事でいられたことへの安堵《あんど》だ。それらの感情をなんとか処理するため、何度か深呼吸を繰り返して息を整える。

納得するところまで落ち着いてから、咲綾が顔を覆っていた手を外した。

「これから、わたしはどうなるの……?」

咲綾が、目の前の空間に問いかける。

すると、咲綾の枕元に寄り添って眠っていた辰砂が、ぱちりと目を開いた。そちらに視線をやってから、咲綾は考えを巡らせる。

昨晩は、自分の決断が正しいと確信していた。咲綾の中で、それは間違いない事実だった。

月の光のように美しくも恐ろしい男の手を取ることが、自分の選べる唯一の道だと思っていた。

――いいの。わたしはこうすべきだった。不安でも、怖くても。

咲綾は必死に自分に言い聞かせる。

あれが最適解だったはずだ。誰も傷つけず終わるためには。

それでも、咲綾の心にはいくつもの疑念が浮かび上がる。

異形対策部隊の隊長は、なんのために自分を連れてきたのか。託宣とはなんなのか。

昨日の晩は、なにも語られなかった。

だからといって、問い詰めて無口な男の怒りを買うのも恐ろしく、咲綾は導かれるままにこの部屋で眠りについたのだ。

しん、と静かな部屋は、喧噪《けんそう》にあふれた裏長屋よりいい環境のはずなのに、咲綾の胸に寂しさしか呼び起こさない。

「お父さんと弘樹、どうしているかしら……」

咲綾が自らの肩を抱く。

しばらくの後、ほろほろと、涙の粒が咲綾の頬を滑り落ちていった。

こらえ切れない心細さが咲綾を苛《さいな》む。親子三人でくっつきあって暮らしてきた、狭い裏長屋が無性に懐かしかった。昨日までそこにいたのに、まるで何年もたってしまったようだ。

くうん、と辰砂が鼻を鳴らす。そして、咲綾の涙をぺろぺろと舐《な》める。

「……ありがとう、辰砂。大丈夫よ。あなたがいるもの」

強がりが現実になればいい、と咲綾が辰砂に微笑みかける。

少なくとも、自分はすべてを失ったわけではないのだ。

大切な存在はこうしてそばにいてくれる。

着物の袖で涙を拭《ぬぐ》い、咲綾がぐっと両肩に力を入れる。

だいぶ、いつもの表情を取り戻してきた咲綾に、辰砂が寄り添った。

「それにね、辰砂、あの人……瀬能さん？　もあなたが見えるんだわ。不思議ね」

あの場にいた全員が、辰砂をいないものとして扱った。

その中で、瀬能だけが、辰砂をまっすぐに見ていた。

咲綾は初めて、自分と同じ風景を見る人間に出会ったのだ。

「もしかして、あの人にも辰砂のような子がいるのかしら。わたしたち、仲良くできると思う？」

咲綾の問いを肯定したいのか、辰砂が咲綾に頬を寄せる。柔らかな辰砂のひげが、咲綾の肌を滑った。

「ふふ、くすぐったいわ、辰砂。そうよね、あなたが見えるのはいいことよ。こうやって、いいことを探しましょう。嘆いていてもなにも始まらないもの」

それを聞いた辰砂のひげが、へたりと垂れた。

「違うわ！　あなたのせいなんかじゃない。家族を売るような人間は最低よ。わたしはそんなものになりたくなかっただけ」

咲綾の指先が、ふか、と辰砂の豊かな毛並みに埋まる。

それを優しく動かして咲綾が辰砂の毛先を梳《す》く。いつもと変わらない手触りは、揺れる咲綾の心をいくらか安定させた。

「大丈夫。わたしは、ちゃんと自分で選んだのよ、辰砂。そう。自分で選んだの。決めたの。なにがあっても、そのことを忘れなければ平気よ」

もふん、と辰砂が首を縦に振った。

家が貧しいことも、母がいないことも、咲綾は負けずに受け入れてきた。その姿を一番近くで見てきた辰砂だからこその肯定だ。

「うなずいてくれるの？　やっぱり、あなたは最高の友達ね」

少し短めの前髪から覗く形のいい眉が喜びに動き、咲綾の頬には深く愛らしいえくぼが浮かんだ。

それを見た辰砂の毛がふわりと逆立った。胸の内には収まり切れない感情が無言の仕草で示される。

咲綾はそれを受け入れ、黙って辰砂を撫でていた。辰砂の体の上を咲綾の指先が何度か往復した時、静かに襖が開いた。

「咲綾さま、おはようございます」

地味な着物をきちんと着こなした、背の低い婦人がそこにはいた。

灰色の髪を古風な型の丸髷《まるまげ》に結っている。肌にも皺が目立つが、背は曲がっていない。若いころの威勢を感じさせる、厳しい面差しをしている。

「お着替えと手水《ちょうず》をお持ちしました。お顔をお拭いください」

まずは、と新しい着物を婦人が咲綾に手渡す。婦人の持ち物だろうか、鼠《ねずみ》色の地に黒の雨縞《あめじま》の入った紬《つむぎ》だ。咲綾の着ていたものより質はよいが、若い娘が着るには地味すぎる。

咲綾が着物を受け取ったのを確かめて、婦人が手水盥《だらい》を部屋に運び入れる。そして、まだほのかに湯気の立つそれを、清潔な手拭いとともに咲綾に差し出した。

「あなたは……？」

咲綾に問いかけられ、咲綾が手水を使えるよう柄杓《ひしゃく》を手に持った婦人が答える。

「瀬能家の通いの女中の那津《なつ》です。ばあや、とお呼びください」

「那津さん……」

「ばあや、でございます」

穏やかだが、しっかりとした調子で反駁《はんばく》され、咲綾は「ばあや」と口の中で小さく唱える。

平民として裏長屋で生きてきた咲綾には、女中もばあやも縁遠い存在だった。

もちろん、こんなお姫さまのような待遇は受けたことがない。

「手水をお使い終われば、着替えてお食事でございます。本日はばあやがおりますので、咲綾さまのお食事のご用意はばあやがいたします。お嫌いなものはございますか？」

切り口上で一息に言われ、圧倒された咲綾が目線を下げる。

しばらくして、咲綾が顔を上げた。その先にいるのは、少し不機嫌そうに両目をすがめたばあやだった。余計な言葉をかける隙《すき》などどこにも見当たらず、咲綾はただ、ばあやの質問に答えた。

「特に好き嫌いはありません。……あの、ありがとうございます」

ばあやは咲綾の礼に構わず、淡々と言葉を続ける。

「普段はばあやはおりません。週に一度のご奉公です。ご了承ください」

「は、はい」

なんの了解を取られているのだろう？　そう思いながら、咲綾はうなずいた。

ふう、とばあやがため息をつく。

察しの悪い生徒に呆れる教師に似た仕草だ。

「──このように、春臣さまは、公爵といえど贅沢な生活をなさる方ではございません。咲綾さまはそれをご承知ですか？」

なにを聞かれているのだろう。咲綾の頭をよぎったのはそれだった。

けれど、それで、瀬能のまとう浮世離れした雰囲気に合点がいったのも確かだった。

咲綾にも、公爵の地位の高さくらいはわかる。血筋だけでも財産だけでもたどり着けない、本物の上流階級だ。

「あの方、公爵さまなんですか？」

とりあえず、咲綾は一番疑問に思ったことを口に出す。

そんな、ただ不思議がっている咲綾の反応を見て、ばあやが口元に手を当てた。

硬く作られた表情が、一瞬、揺らぐ。

「ご存じではなかったのですか？」

「はい」

素直な咲綾の返事に、ばあやが今度はひたいに手を当てた。

「もしかして、春臣さまからまだなにもお聞きになっていない……？」

「すみません。昨日、急にここに連れて来られたので……」

どことなく嚙み合わない会話に居心地の悪さを感じながら、咲綾がばあやの顔をうかがう。話が気になるのか、辰砂も耳を立てて咲綾の横に控えていた。

「昨日!?　左様でしたか。これは失礼いたしました。余計なことを申し上げました。聞かなかったことにしてくださいまし」

「そう言われても、気になるんですが」

「駄目です。これ以上、ばあやから申し上げることはできません。早合点で恥ずかしい。まさか、咲綾さまがなにも知らずに来られたなんて」

「恥ずかしいって、え、どうしてですか？」

咲綾はばあやの言うことが気になって仕方がない。

だが、ばあやは無言で咲綾の手から手拭いを回収するだけだ。

「あの」

咲綾が声をかけても、わざと目線を外し、気まずそうに下を向いている。

困った咲綾も黙り込むと、ようやく、ばあやが口を開いた。

「なにもかも、春臣さまがおっしゃられるのをお待ちくださいい。まったく、春臣さまも、無口なのにも程があります。……さ、お手水は使われましたね。それでは、お着替えをお願いいいたします。お着替えが終わりましたら、茶の間へご案内いたします」

「ご馳走《ちそう》さまでした。おいしかったです」

不安に曇《くも》っていた咲綾の顔は、食事をとることでだいぶ明るくなっていた。

はじめは、よく知らない男の家で出される料理に警戒していた咲綾だったが、貧しい実家ではなかなか食べられない、混ぜ物なしの白米の匂いと、出汁《だし》の利いた味噌汁の湯気の前に、その用心もとうとう陥落《かんらく》してしまったのだ。

ばあやの「ばあやが作った料理です。毒を盛ったとでもお疑いですか」という怒気をはらんだ声も、それに拍車をかけた。

せっかく自分をもてなそうとしてくれた人の気持ちを無下にするほど、咲綾は冷たい娘ではなかった。

本当は、食事中にばあやからもっと詳しい話が聞きたかったが、給仕をするばあやは断固として答えない。強いて尋ねれば、茶碗におかわりを放り込まれる。それを三度繰り返し、咲綾はとうとうばあやへの質問を諦めた。

あの瀬能という男も、自分に危害を加えるつもりなら、ばあやに食事の準備などさせないだろう。そう思ったのもある。前向きで楽観的なのは咲綾の長所だ。

「お口に合いましたか」

「はい！」

食後のお茶まで出され、咲綾は元気よく返事をした。

お茶も、今まで咲綾が飲んでいたやけに黄色っぽい色しか出ない安物ではない。緑の深い、とろりとまろやかな味だった。

「それはなによりでございます」

「特に干物がおいしかったです。普段はああいった立派なお魚は食べられないので……」

「……左様ですか」

ばあやが、どこか困ったように沈黙する。

「咲綾さまの個人的なことをお尋ねするのは、雇人《やといにん》としてご遠慮いたします。ただ一つ」

「なんでしょう？」

「咲綾さまは本当にあの干物をお気に入りですか」

「ええ。ふっくらと身が厚くて、脂《あぶら》がのっていて、久しぶりに心からおいしいものを食べました……！　ご馳走を、ありがとうございます」

にこにこと咲綾に言われ、ばあやの沈黙が深くなる。

そして、ぽつりと、口にした。

「ご馳走、ですか」

あんな、平民のものが。

ばあやの口からこぼれる言葉の意味が、咲綾にはわからない。

そもそも咲綾は平民だ。

首をかしげる咲綾にはかまわず、ばあやが先を続ける。

「ようございました。干物でしたら春臣さまもお食べになります。咲綾さまはどこのお家《いえ》のご令嬢か存じませんが、そこは気が合いそうで安心しました」

「ご令嬢!?」

「おかまいなく。深くはお聞きしません。ばあやは春臣さまからのお話を待ちます」

「いえ、その、ご令嬢って！」

「奥さまとお呼びしたほうがよろしいのかもしれませんが、それは、春臣さまにおうかがいしてから……これ以上のお話は、ばあやはいたしません」

そしてまた、ばあやはぎゅっと唇を結ぶ。

なにか勘違いされている気がする。たぶん、きっと、絶対に。

咲綾は途方に暮れながら、残っていたお茶を飲み干す。

そうでなくても、昨晩から巻き起こっているすべてのことに頭がついていかないのだ。

「困ったなあ……」

眉根を寄せた咲綾のつぶやきを乗せて、辰砂の赤い毛が、ふわんと朝の空気に揺れた。


「春臣さま、咲綾さまのお支度が整いました。お言いつけ通り、お着替えとお食事をなさっていただきました」

ばあやに連れられた瀬能の居室は、茶の間を出てしばらく廊下を歩いたところにあった。

どうやら、咲綾の目覚めた部屋以外にもいくつかの部屋があるようだ。少し立派な農家の家といったところか。

ばあやの言《げん》によると、手洗いや風呂も屋敷の中にあるらしい。それだけでも、咲綾の住んでいた裏長屋とは雲泥《うんでい》の差の造りだ。

しかし、それはあくまで、「少し立派な」農家の家として考えた場合だった。

公爵という、華族の中でも最高の——帝と縁戚になる者も少なくない——階級の人間が住むにしては質素過ぎる家だ。

シャンデリアも洋間もない平屋建てなのだ。

咲綾に華族は縁のないものだったが、それでも、華族ならもう少し豪華な家に住むのが普通だろうと見当がつく。

——わたしが平民だから、離れに連れてこられたのかしら。

そんなことまで咲綾は考えたが、床の間のある八畳間に座卓を置いて座っている瀬能を見て、そうではないと気づく。

この人は、本当にここに住んでいるのだ。

どうしてか、ばあやに理由を聞きたい気持ちもあったが、瀬能はもう目の前だ。さすがに聞けない。

「咲綾さま、こちらのお席へ。よろしゅうございますか、春臣さま」

「ああ」

咲綾を瀬能の向かいに案内したばあやに、瀬能がうなずきかける。

自宅だからなのか、瀬能は軍服から地味な和服に着替えていた。

あいかわらず、美しい男だ。

障子越しに差し込む光さえ、その美貌を引き立てているようだ。

しかし、ばあやはそんな瀬能に慣れているのだろう。

無表情のまま瀬能と目を合わせた後、うやうやしく三つ指をついた。

「では、ばあやは下がらせていただきます。詳しいお話はのちほど聞かせてくださいまし。そうですね、寡黙《かもく》なのは殿方の美点でございますが、もう少し事前にお話をいただけますと、ばあやはとても助かります。今日がばあやの来ない日でしたら、春臣さまはいかがなさるおつもりでしたか」

「……どうしたろうな」

顔を上げたばあやに問われ、瀬能が悠揚《ゆうよう》とした声で答える。

ばあやが、ほう、とため息をついた。

「まったく、これだから。咲綾さまともよくお話しください。あ、そうそう、咲綾さまも干物がお好きだそうですよ。それでは、失礼いたします」

それだけを言い残して、ばあやが和室から出ていく。

残された二人はなんとはなしに顔を合わせ……咲綾のほうから、おずおずと口を開いた。

「……おはようございます」

「おはよう。おまえ……いや、きみも辰砂も元気そうだな」

「やっぱり、辰砂が見えるんですか」

瀬能の視線が、確かに辰砂に向けられているのを確認して、咲綾はそう聞く。

「ああ。今はきみの隣で私を睨《にら》んでいる。――安心しなさい、辰砂。私はきみの主《あるじ》に危害を加える気はない」

瀬能が辰砂のほうに手を振った。

ぐるる、と唸《うな》り声で辰砂が答える。

まだ、目の前のこの男を信用する気はなさそうだった。

「あの、あなたは」

「瀬能で構わない」

「瀬能さんは、わたしをどうするつもりですか」

「それを話すと長くなる。いいか」

「話してください。知りたいです」

咲綾に身を乗り出され、瀬能が「そうか」と首を縦に動かした。

「では、まずはきみを連れてきた目的を。私はきみを妻にする」

「え!?」

あまりに思いがけない台詞《せりふ》に、咲綾が声をあげる。驚きが胸いっぱいに広がって、ほかに言うべきことが見つけられなかった。

まさか、こんな要求をされるとは。結婚など、自分にとっては先の話だと考えていた。まだ、女中として働けと命じられたほうがしっくりくる。

その咲綾の姿をどう取ったのか、瀬能が、ほんの少しだけ鋭い目元をゆるめた。

「名目だけの結婚だ。閨《ねや》はともにしない。それについては契約書を書いてもいい。仕方ないのだ。きみを伴侶にすべし、と託宣が下されたからな」

「たくせん……?」

「私が逆らえない命令のようなものだ」

聞いたこともない言葉を説明されても、咲綾には意味が咀嚼《そしゃく》できない。

なんとかひねり出せたのは、素朴な疑問だけだった。

「そんなことで結婚を決めていいんですか」

「いいも悪いもない。桂子さまが仰《おお》せになれば、瀬能家の者は従うだけだ」

今度は咲綾の知らない人物の名が出てきた。

咲綾は、どう返事をするかためらい、沈黙を選んだ。

是非《ぜひ》も今の自分に言えることではない、と判断したからだ。

「昨日話した通り、きみの実家には援助をする。借金を返し、月ごとに生活に充分な金を支給するだけではない。弟君を学校に通わせ、父君が医師にかかれるようにも手配をしよう」

　瀬能が、戸惑う咲綾の瞳をじっと見据える。そして、再び口を開いた。

「条件はきみが私の妻でいること。それをやめたとき、瀬能家は援助した金を全額取り立てることとする。辰砂にも容赦はしない」

「それじゃ……っ」

　妻ではない。ていのいい奉公人ではないか。そうした反論が、咲綾の喉まで出かかる。けれど、瀬能は咲綾のそんな反応は見越していたようだった。咲綾の抗議を無視して平然と告げる。

「嫌ならば、私の妻でいろ。安い条件だろう」

　咲綾はうつむいた。

　安い条件、そうだろうか。でも、父と弟が不自由なく暮らせるのなら、確かに――。

　咲綾の葛藤《かっとう》など気にするそぶりも見せず、瀬能が辰砂を指さした。

「それともう一つ。きみの連れている辰砂はとても強いな。昨晩対峙《たいじ》しただけで強さがわかった。その気になれば、弱い異形など一撃で吹き飛ばせるはずだ」

「辰砂が？　知りません。この子は乱暴なんかする子じゃないんです」

このままでは辰砂にまで手を出されそうで、咲綾は慌《あわ》てて顔を上げた。

そして、辰砂の首をぎゅっと抱きしめる。

辰砂が心配そうに、丸い金色の目で咲綾を覗き込んだ。

「知らなければ知ればいい。きみは、辰砂の使い方をもっと学べ」

「使うとか、そんな、辰砂は友達で……」

「私には関係のないことだ」

瀬能の端麗な眼差しが翳《かげ》りを帯びる。

たいていの人間ならただの渋面となるところだが、瀬能は、そんな様さえ絵になった。

美貌の男に冷たく言い切られ、怯《ひる》む咲綾に、さらに瀬能は追い打ちをかける。

「私と結婚すればきみは公爵夫人となる。華族の一端に連なることとなる」

「わたしが、華族に？」

もう、咲綾には理解できないことだらけだった。

しかも、本当に華族階級の住人になれるとしても、素直に喜べる状況ではない。

「これは私にとって都合のいいことだ。桂子さまの託宣がここまでお考えになられて下されたのかはわからないが……」

ん？　と咲綾が首をかしげる。

そんな咲綾を置いてきぼりにして、瀬能はなおも言葉を続けた。

「私が隊長を務めている異形対策部隊は、帝直属の部隊でな、華族しか加入ができないのだ。きみは私の妻になることで、華族として部隊に加入する資格を得る」

「どういうことです……？」

ようやく、それだけを声にできた咲綾に、瀬能は当たり前のような顔で滔々《とうとう》と説明を始める。

「昨今、異形は増え続けている。今の隊員の数だけではとても手が足りない。かといって、一般の徴兵のように、華族間から無作為に兵を募ればいいというものではない。隊員になれるのは、異形と対等に戦える者だけだ。――きみの辰砂のように」

瀬能の冷え切った目が、咲綾と辰砂に向けられた。

思わず咲綾が身構えるが、瀬能の目線は凍ったまま揺らぐことはない。

「きみはここで下働きをする必要はない。しかし、国家のためには働いてもらう」

「え？　国家のために、働く？」

「そうだ。きみは、辰砂とともに異形対策部隊の一員となる」

咲綾の質問に、当たり前だ、と言わんばかりに瀬能が答えた。

「わたしが、あの怖い部隊の？」

「世間では鬼かなにかの如《ごと》く言われているようだが、異形対策部隊は特段恐ろしい組織ではない。帝都の臣民のために異形と戦う……警察のようなものだ」

「警察……」

咲綾が繰り返す。

警察ならば、咲綾にもわかる。悪者を捕まえてくれる、正義の味方だ。

しかし、それと、話に聞いていた異形対策部隊は、咲綾の中ではなかなか結び付かない。

なにか言いたげな咲綾をちらりと見た後、瀬能は辰砂へと目線を移した。

「先ほども言ったが、きみの辰砂は強い。そうだろう、辰砂」

瀬能が、不意に背後の床の間の刀架《とうか》から刀を抜き、咲綾に突きつけた。

ばちっと風が鳴る。それとともに、辰砂がまた昨晩の姿に変わった。毛を逆立て、口元から太い牙を覗かせる獰猛な姿だ。体の大きさも一回り大きくなる。

その姿を、瀬能は満足げに見ていた。

「ほら、このように、な。――大丈夫だ、辰砂。今は、おまえの力をおまえの主人に見せたかっただけだ。私は妻を手に掛けるほど、ひとでなしではない」

刀を鞘に戻しながら、瀬能はわずかに口の端を持ち上げる。皮肉を込めたそれは、瀬能の容貌によく似合った。

「まだ、あなたの妻になると決めたわけじゃ……」

「ほう。では、私の手を取ったのは嘘だったのか？　辰砂や家族の無事は願わないのか？」

「嘘じゃない……です」

悔しさに、咲綾が唇を噛む。

瀬能には辰砂が視認できている。それを踏まえて、先ほどのように刀を向けられたら、咲綾には対処法がわからない。辰砂は強いと瀬能は言うが、今まで咲綾は辰砂を戦わせるなどとは考えたこともないのだ。

「借金に苦しむ家族の憂《うれ》いも取り除きたいだろう？　弟君は望めば大学にだって行かせよう。四民平等の世の中だ。才があれば異国で学ぶこともできる」

瀬能は次々に甘い言葉を口にする。咲綾は聞き入れるか耳をふさぐか迷い、そのどちらもできず、ただ目を見開いている。

そんな咲綾の様子を察したのか、瀬能が畳みかけた。

「先ほども言ったように、異形と戦える力のある人間は限られている。ぞろぞろと異形は増え続けるばかりなのにな。だから、私はきみを戦力としたい。辰砂を扱えるのはきみだけだろう？」

「でも」

「隊員として、隊の規約通りの給金も支払おう。きみは本当に形だけの妻でいい。夫婦らしいことなどなにも強要しない。ただともに住むだけだ。きみは託宣に基づいた伴侶だからな」

「……あなたは、裏切らないですか？」

ようやく、咲綾がそれだけを絞り出す。

どうにも抵抗できない激流の中で、ようやく手がかりの岩をつかめたような声だった。

「なんと？」

「あとで裏切って、辰砂をいじめたり、お金を返せとか言わないですか」

震える指先をなんとか抑えようと試みながら、咲綾が必死で瀬能に聞く。

もちろん、こんな場での口約束に意味はない。それでも、咲綾は言葉にして確かめずにはいられなかったのだ。

「瀬能公爵家も見くびられたものだ。きみが妻でいる限り、私はよい夫でいる。よい夫は、妻の友人も実家も大切にするものだろう？」

瀬能が、軽く笑う。

「今上《きんじょう》陛下に誓ってもいい。私たちは陛下の醜《しこ》の御楯《みたて》だ。陛下に背くことはない」

そう付け加えられ、咲綾はたっぷりと数十秒ほど沈黙した。

辰砂が心配そうに咲綾を見上げている。

その辰砂の頭を一度撫で、咲綾はゆっくりと口を開いた。

「わかりました」

小さな声だが、確かな肯定だった。

「それは了承か？」

瀬能に問い返され、咲綾がうなずく。手は、もう震えてはいない。ただ、爪が白くなるほど、強く握りしめられているだけだ。

「はい。わたしは、あなたの妻になります」

硬い調子の咲綾の返事を、瀬能は気にもしない。平然と座ったまま、当たり前だと言わんばかりに、何度か指先で畳を叩いた。

「よし。さっそく内務省に届けを出そう。きみを瀬能の籍に入れる手続きをする。すぐにできるはずだ」

「え、そんな簡単なことでいいんですか？」

「他にどんなやり方が？」

「わたしの家はともかく、瀬能さんのご両親にご挨拶《あいさつ》をしたり……特に華族さまはご体面を大事にすると聞いています」

「それは瀬能家以外のことだな。私は、実家とは疎遠だ。桂子さまのおかげで瀬能の名前を名乗ることを許されている、居候《いそうろう》のようなものだ」

「居候？」

咲綾がいぶかしむ。

もし、瀬能が公爵でなく、それを騙《かた》る居候なら、交わした約束はなんの効力も持たない。

それでは困るのだ。

眉を寄せた咲綾に気づいた瀬能が「いや」と首を振る。

「言い方が悪かった。私は間違いなく瀬能の嫡子《ちゃくし》だ。だが、牙城さま……いや、父と母は本宅で別に暮らしている。普段は付き合いもない。きみとの結婚のことで一応使いは出したが、『勝手にしろ』と門前払いにされた。言いつかったのは跡継ぎを作れとの念押し、いや、これは私だけの問題だな。きみには関係ない」

「そんな……」

咲綾が目を見開いた。

親に愛され、慈《いつく》しみ育てられてきた咲綾にとっては信じられない話だ。

我が子の結婚を祝わない親がいるなんて、そんなことがあり得るのかと。

しかし、瀬能は、小さく肩をすくめただけだった。

「私と親の間柄はこれまでも、これからもその程度だ。きみも、面倒な付き合いがなくていいだろう」

呆気《あっけ》に取られている咲綾の表情を今度はどう取ったのか、瀬能が自らの顎に指を当てる。

「ああ、もし、きみに他の華族や瀬能の本宅のような贅沢な暮らしを望まれたら困るな。私は必要最低限のものに囲まれ暮らしている。この家に住んでいるのもそうだ。金がないからではなく、そうでないと居心地が悪いからだ。本当はばあやが通うのも断りたいくらいだ」

「大丈夫です。貧乏には慣れています、贅沢なんか望みません」

「それは重畳《ちょうじょう》」

能面そのままの固まった表情で瀬能が答える。

「でも、どうして？」

咲綾が問う。抑えるつもりだった本心が、ぽろりとこぼれてしまったのだろう。

「ん？」

「どうして公爵なのに、そんな世捨て人のような暮らしをされているんですか？」

咲綾の質問に、瀬能が目を伏せた。

けれどそれは一瞬だった。

長いまつげに囲まれた瀬能の双眸が、咲綾を静かに見据えた。

薄い唇が、残酷な言葉を紡《つむ》ぐ。

「私が生まれたことが、罪だからだよ」

二章　あやかし乙女、決意をする

「なぜ、生まれたことが罪などと言うのかしら。ねえ、辰砂《しんしゃ》」

座布団の上にちんまりと座った咲綾《さあや》が、横にうずくまる辰砂に問いかける。

ばあやにも説明することがあるから、と、瀬能《せのう》の居室から茶の間に戻された咲綾は、ちゃぶ台の上のお菓子に手を伸ばしながら、瀬能に呼び戻されるのを待っていた。

「平民の私だって、生まれてきて幸せだと思うわ。お金がないとか、大変なことはあるけれど……。しかも、あの人は公爵さまでしょう？　わからないわ」

そう言いながら、咲綾は手に取った菊形の焼き菓子を包む半紙を剝《は》ぐ。この焼き菓子は、ばあやに「ぜひ、どうぞ」と勧められたものだ。

普段ならば、それでも咲綾は遠慮していただろう。しかし、突然見知らぬ男から妻になれと言われ、咲綾は半ばやけになっていた。行儀がなってないと実家に帰されるのなら、そのほうがいいとも思ったのだ。

咲綾が焼き菓子に歯を立てる。

きつね色に焼けた外側からは想像もつかないふんわりした歯触りに、咲綾は驚き、肩を跳ねさせた。

甘く香ばしい香りも、咲綾がこれまで嗅《か》いだことがないものだ。

「わ、なにかしら、これ。わたしの食べてきたお菓子とは全然違う。やっぱり華族さまの家にあるものはすごいわ。はい、辰砂も香りをどうぞ」

鼻先に焼き菓子をかざされた辰砂が、くふんと一つ匂いを嗅ぎ、ぼわっと体中の毛を逆立たせる。金色の目が、勢いよくしばたたいた。

「あなたも気に入ったのね」

嬉《うれ》しそうにしながら、咲綾が辰砂の首筋を撫《な》でる。

辰砂の尻尾が機嫌よくぱたぱたと床を叩く。

「ねえ、辰砂、わたしはまだ信じられないのよ。わたし、本当に、あの人の妻になるの？」

焼き菓子を口に運びながら、咲綾がため息をついた。

「だって公爵さまよ。しかもあんなに綺麗《きれい》な顔で……そんな人が、形だけでもわたしを妻にするなんて。あの人にはなんの得もないじゃない」

ぽふ、と辰砂の尻尾が床に落ちた。

「そうよね。あなたにもわからないわよね。変なことを聞いてごめんなさい。わたし、動転してるのだわ。……大丈夫。そんな顔をしないで。今わからなくても、少しずつ知っていけばいいのよ」

焼き菓子を食べ終えた咲綾が、辰砂に微笑《ほほえ》みかける。

不意に、茶の間の障子《しょうじ》が開いた。

辰砂に向けた笑顔のまま、咲綾がそちらへ顔を向ける。

「瀬能さん？」

笑う咲綾を見て、瀬能は少し目を見開いた。

だが、その表情はすぐに、もとの冷たいものに戻る。

それから、咲綾の問いには答えず、ちゃぶ台の上の焼き菓子の包み紙に視線を動かす。

「食べたのか」

「いけなかったですか……？」

恐る恐る、咲綾が尋《たず》ね返すと、相変わらず冴《さ》え冴《ざ》えとした顔立ちのまま、瀬能が首を振った。

「いいや。どうせこの家に置いてもばあやしか食べない。せっかく帝《みかど》の女官から頂戴《ちょうだい》したのだ。捨てるよりはいいだろう」

「……すごくおいしかったです」

「どうでもいい」

瀬能がひんやりとした口調で言った。咲綾にも菓子にも、もう目を向けてはいなかった。

「これから私は出仕してくる。きみを私の籍に入れる手続きもしておく」

「わたしは」

「家の中で適当に過ごしていなさい。それでは」

咲綾の言葉を最後まで聞かず、瀬能は茶の間を後にした。

しばらく、なんとも言えない顔で辰砂と見つめ合っていた咲綾だが、うん！　と力強くうなずいて、その場で立ち上がる。

「今、適当にって言ってたわよね？」

辰砂の尻尾が「その通りです」とでも言うようにぶんぶんと上下した。

「よし、家の中を探検しましょう。なにかあったときに困るもの」


「瀬能さんの部屋とわたしがいた部屋は随分《ずいぶん》離れてるのね……あのお部屋がわたしの寝間になればいいのだけど。あそこなら、わたしと辰砂がお話ししていても、うるさいと困らせることはなさそうだわ」

廊下を歩きながら、咲綾が唇に指先を当てる。

華美な造りではないが、田舎家らしく広さはある。

とはいっても、ばあや一人でなんとかできる程度の広さだ。廊下の幅もそれほど広くない。

「あら、中庭がある。雑草だらけだわ。草むしりしたくなるわね」

咲綾がガラス戸を開け、中庭に顔を出す。そこは、六畳ほどの広さがあったが、特になにも植えられていない。ひょろひょろと草が首を伸ばしているだけだ。見ていると物悲しくなる、うら寂しい光景だった。

「中庭の向かいにもお部屋……でも、このお部屋も空っぽ……」

家具もなくがらんとしたまま放置された部屋の数々は、長いこと使われていないのか、どこか埃《ほこり》っぽい空気が漂う。

障子越しに差し込む日の光さえ、翳《かげ》っているようだ。

瀬能も積極的に家事をするほど暇ではないのだろう。それとも、居室を整えることに興味がないのか。

「瀬能さんは、ここにずっと一人……？」

古びた柱を撫でながら、咲綾がつぶやく。狭くても、窓がなくても、家族三人で肩を寄せ合って暮らしていた裏長屋のほうが、幸せに思えたのだ。

それに、この家はけして真新しい家ではない。

もし、瀬能が、この家ができたときからここに一人でいたのだとしたら――。

「どう言えばいいのかしら。寂しいなんて、わたしが決めるのは勝手よね」

くん、と辰砂が鼻を鳴らす。

そして、咲綾の足元に顔をすりつける。

「あなたもそう？　でも……少しにぎやかにしては、いけないかしら……家が、心安らぐ場になればいいと考えるのは……わたしの思い上がりかしら……？」

咲綾が廊下にしゃがみ込み、辰砂と正面から向かい合う。

「お飾りの妻が、こんなこと考えちゃだめ……？」

眉を寄せる咲綾の頬《ほお》を、辰砂の赤い舌がぺろりと舐《な》めた。

「わ、くすぐったい」

沈みかけた咲綾の心を、優しい温かさが満たす。

「ありがとう、辰砂。あなたがいて、本当によかった。……さ、探検の続きをするわよ！ついてきて！」

勢いよく上体を持ち上げた咲綾が、また廊下を歩きだす。

主従二人は、その後、ばあやに見つかるまで、ゆっくりと瀬能家を巡ったのだった。

「では、咲綾さま、ばあやはこれで下がらせていただきます」

夕刻、帰宅した瀬能に挨拶《あいさつ》をしたばあやが、茶の間の咲綾のところにも立ち寄る。

ひとまず、咲綾の部屋は、咲綾が目を覚ました和室に決まった。

ただ、そこには本当になにもないので、昼間は茶の間でくつろいでいるのがいいとばあやには勧められた。濡縁《ぬれえん》で庭と繋《つな》がっていることで開放感もあり、茶の間は、この家の中でも明るく過ごしやすい空間だ。

瀬能は、咲綾のこともばあやに説明してくれたようで、その面でも、咲綾はほっと胸を撫でおろした。

「わかりました。いろいろありがとうございます。ところで、お米のことは本当なんですか……？」

「嘘《うそ》ならばどんなによいことか……咲綾さま、どうか愛想尽かしをしてご実家になど帰らないでくださいまし」

咲綾の実家を奪ったのは瀬能だとも知らず、ばあやはかき口説く。

ばあやは通いの女中だ。週に一度出勤して、その時に一通りの家事をしていく。

ならば、ばあやがいない間の食事を瀬能はどうしているのか。

店屋物ですませているならまだいい。

瀬能は、ばあやがまとめて炒《い》った一週間分の煎《い》り米を、その日必要な分だけ、適宜《てきぎ》粥《かゆ》に戻して食べているのだ。咲綾が今日食べた炊《た》き立ての白米と熱い味噌《みそ》汁は、ばあやが来た日だけの特別なものだった。

その上、おかずは、ばあやが持ってくる日持ちのする漬物や干物だけ。ばあやがいない日の汁物は、湯で味噌を溶いただけ。

けして豊かではない咲綾でさえ驚くような、質素な食生活だった。

「財ならば充分にありますのに、春臣《はるおみ》さまはなにを言ってもお聞き届けにならないのです」

「大丈夫です。瀬能さんにも言いましたが、貧乏には慣れています。身の回りのことをするのも嫌いじゃありません」

「ようございました。咲綾さまが干物をお好きだと言ってくださったとき、ばあやはどんなに嬉しかったことか。この方ならば、瀬能のお家《いえ》でやっていけるのではと胸を撫でおろしました」

にこにこと笑っていたばあやが、ふと、顔を曇《くも》らせる。

「ところで、その『瀬能さん』との呼び名は。春臣さまとのご結婚に、なにかご不安が？」

「いえ、あの」

咲綾が言葉に詰まる。

瀬能は、ばあやには咲綾との結婚が形だけのものだとは告げていなかった。

それが、瀬能の良心に基づくものかは、咲綾にはわからない。

「――まだ、わたしなんかではふさわしくないのでは、と迷いがあって」

ただ咲綾も、自分をなにくれと気に掛けてくれた老女に心配はかけたくなかった。そのためにも、正直に今の境遇を伝えるのは、けしてよいことではないと判断したのだ。

「まあ。なんと慎《つつし》み深いお心構え。確かに、咲綾さまにとっては突然のお話です。驚かれることも多いでしょう。でも、春臣さまはよい方です。少々変わっておられますが、それも瀬能のお家に生まれたせい」

「瀬能の家の……？」

確かに、今日聞いた話では、瀬能の両親は変わった人のようだけれど……と咲綾が首をかしげる。

ばあやが、少し悲しげな顔で咲綾を見つめた。

「春臣さまからお話はありませんか？」

「ない、です」

「では、必要なときにお話ししてくださるはず。お待ちくださるよう、お願いいたします」

「わかりました」

頼み込むばあやに、咲綾が複雑な表情で応じる。

どうせ、なにもかも普通ではない関係だ。ならば、その流れに身を任せてみよう。

咲綾の頭をよぎったのは、そんな考えだった。

「左様ですね、お子をなされることにでもなれば、きっと咲綾さまの胸のつかえも取れるかと存じます」

「……子」

咲綾がぽつりと繰り返す。

それをどう取ったのか、ばあやが打って変わって弾んだ声で言葉を返した。

「ええ。そのときはばあやにも抱かせてくださいましね。それでは、今度こそ失礼いたします」

ばあやが玄関に向かって去っていく。それを見送ろうとして、咲綾は自分の足に力が入らないことに気づいた。

「わたしは本当にあの人の妻になるのね……みんな『そう』だと思ってわたしを見るのね……」

座り込んだまま、咲綾が辰砂の背中に幼さの残る顔をうずめる。

ばあやの一言が、まだ少女だった咲綾に現実を突きつけた。

「あの人の言うことが真実なら、子はできないのに」

咲綾の語尾が湿る。

大きな瞳の瞼《まぶた》は伏せられ、今にも悲しみの雨が降りそうだった。

辰砂の尻尾が、慰めるように咲綾の体に巻きつく。

「清いままでいられるのはいいことよ。でも……」

咲綾が、辰砂の体を抱きしめた。細い指がふかふかの毛をかき分け、辰砂の肌を撫でる。

「……わたしは、もう普通の花嫁にはなれないのね」

こぼれる言葉は思ったよりきつく咲綾の心に食い込んだ。

咲綾の胸が痛む。これまで感じたことのないその痛みは、咲綾の心臓のあたりを深々と食い荒らしていた。


それでも、朝は来る。

咲綾は台所に立っていた。

ガスがひかれるほど豪華ではないが、水道の蛇口が備え付けられたそれなりに近代的な造りの台所だ。洗濯用の井戸もあるが、炊事《すいじ》は水道の水でできる。

玄関の土間の隅《すみ》にかまどがあるだけの咲綾の実家とは違い、廊下で区切られ、台所が屋敷の中の一室として独立もしている。

瀬能はなにもしなくていいと言っていたが、どうせ自分も食事をせねばならないのだ。ならば、と咲綾は瀬能の分の粥も炊いていたのだった。

煎り米を粥にしたのは初めてだが、生米から炊くより早く柔らかくなるのを知れたのは収穫だった。

まだ慣れない台所で作ったにしては上出来だろう。粥の上に載せられるよう、漬物と梅干、焼いてほぐした干物も準備したところで、咲綾が手を止める。

「そろそろ、瀬能さんも呼びましょう」

そうつぶやいて、咲綾が瀬能の自室に向かう。

「おはようございます。咲綾です」

閉められた障子に向かい、咲綾が声をかける。すると、瀬能のつやのある声がそれに応《こた》えた。

「ああ、きみか。入ってかまわない。私の着替えは終わっている」

「では、失礼します」

朝の挨拶をしようと、咲綾が瀬能の部屋の障子を開け……そして、その肩をわなわなと震わせた。

「……いくらわたしがお飾りの妻でもあんまりです」

「なにを言っているんだ？」

咲綾なりに凄《すご》みを出そうとして発した言葉に、瀬能が怪訝《けげん》そうに問い返す。

だが、咲綾の声が和《やわ》らぐことはない。

「朝から、部屋に女の人を連れ込むなんてひどいです」

「女の人……？」

「そうです！」

咲綾が、瀬能の部屋の一点を指さす。

すると、瀬能の隣に座っていたワイシャツとスカート姿の美少女が、咲綾に向かってあかんべえをした。

咲綾の目つきがきっと尖る。

「瀬能さんは華族さまですから、いろいろとご縁もあると思います。でも、せめてわたしの見えないところでしてください」

「縁もなにも。そもそも託宣がなければ、私は女性と関わる気はなかった」

そこまで言って、瀬能が自らの隣に視線を向ける。

そして、納得したとばかりにうなずいた。

「きみが言っているのはここにいる青葉《あおば》のことか。青葉なら大丈夫だ」

「大丈夫って」

全然大丈夫じゃない。

咲綾はそう言い返してやりたかった。

咲綾の部屋と瀬能の部屋が離れているのはいいことだと思っていたが、こうなれば話は別だ。女の人を引き入れても話し声に気づかない距離なんて！

瀬能の隣の少女——青葉——は、あからさまにへの字にした口で、肩で息をつく咲綾を見ていた。

しかも、そんな表情を浮かべていても、少女の可愛《かわい》らしさはまったく損なわれていないのだ。

薄茶のふわふわとした髪が、形のいい顎《あご》にぴったりと寄り添っている。女にはめずらしい短さの断髪スタイルだが、軽やかなそれは小ぶりな顔を縁取るのにぴったりだ。

髪型の爽《さわ》やかさと反対に、煮詰めた飴《あめ》のようにとろりと濃く光る大きな瞳。その瞳が配置された肌は血色のよい薄桃色だ。そこに、ふっくりした唇がよく似合う。

どこか名家の姫君を彷彿《ほうふつ》とさせる、権高《けんだか》さと愛らしさが同居する顔立ちだった。

右の瞳は黒、左の瞳は青と、左右の瞳が色違いなのがひっかかるところだが、それさえも、青葉の美貌《びぼう》の前ではエキゾチックな魅力に変わっている。

あまりに瀬能も青葉も堂々としているので、そのうち、咲綾はなにを言えばいいのかわからなくなってきた。

もしかして、青葉が瀬能の恋人だったら。自分が託宣の妻ということで瀬能を奪ってしまったのなら、と咲綾は怖くなってきたのだ。

そんな咲綾をどうとらえたのか、青葉がぷくんと頬を膨らませ、やれやれと首を振る。

「僕が男か女かもわからないなんて、春臣さんの妻の資格、ないんじゃない？」

紅《べに》をささなくても色のいい唇が動き出して、咲綾が「あ」と口を開ける。

この声は――。

「男の子？」

「そうだよ、悪い？」

青葉が眉をひそめた。

咲綾がぶんぶんと首を振る。

「ごめんなさい。わたし、気づかなくて」

「いいけどさ」

そう言う青葉に、咲綾がもう一度「ごめんなさい」と繰り返した。

よく見れば、青葉が身につけているのは、スカートではなく膝丈《ひざ》のズボンだった。

「でも、すぐに頭に血が上る人間は春臣さんにふさわしくないと思うよ」

「青葉、言い過ぎだ」

瀬能に制止され、青葉がもう一度あかんべえをした。

「やめろ、見苦しい」

きつく言い聞かせる瀬能にも、青葉の態度は変わらない。

「一昨日《おととい》も会ってるはずなのに、こいつは僕に気づきもしない。本当に、春臣さんはこいつを異形対策部隊に入れるつもりなの？」

「一昨日……？」

咲綾が尋ねると、口を尖らせたまま青葉が応じる。

「一昨日の夜、裏長屋。おまえも仕留めてほしい？」

そこまで言って、青葉が人差し指を掲げた。

華奢《きゃしゃ》な指先の先端に、ちかちかと光がまとわりつく。

咲綾が目を見開いた。

あの色は――覚えている。父を脅した色だ。声も、こうしてよく聞けば聞き覚えがある。夜は暗くて、顔は見えなかったけれど、間違いない。

青葉は、一昨晩、瀬能とともに自分を急襲した人物だ。

咲綾の背を寒気が這《は》う。

突然のことだったが、あそこでは敵同士だったことは間違いない。しかも、青葉は今この場でも咲綾に敵意を向けている。

咲綾のこめかみを冷や汗が流れていく。

咲綾の心に感応するように、辰砂が低く唸《うな》る。そして、咲綾の前に一歩を踏み出した。

まだ姿を変えてはいないが、それも時間の問題だろう。

「辰砂、心配ない。口は悪いが信頼できる人間だ。きみの主《あるじ》に害は与えない」

瀬能がそんな辰砂を制する。

「青葉、彼女は私の妻だ。謝れ」

「いやだ」

「青葉！」

「嘘の奥さんになんか謝るもんか！　じゃあね、春臣さん。後で屯所《とんしょ》で！」

立ち上がった青葉が、猫を思わせる素早さで和室を出ていく。

その後ろ姿を、瀬能がため息とともに見送った。

「騒がせたな」

咲綾が準備した粥を食べながら、瀬能がぽつりと言う。

茶の間に移動した二人は、ちゃぶ台を挟んで向かい合い、言葉少なに朝食を取っていた。

「青葉は隊員の一人なのだが、私に非常に懐いていてよく勝手に家に上がり込む。今後は控えさせる」

「大丈夫です」

漬物に箸《はし》を伸ばしながら咲綾が首を振る。

「そうか？　青葉にはきみを妻にすることを話したのだが、あれほど反発するとは想像もしなかった。もっと私が手綱《たづな》を引き締めるべきだな」

青葉とは異形対策部隊以前からの長い付き合いだが、それを差し引いても先ほどの不遜《ふそん》な態度は目に余る、と瀬能が眉間《みけん》に皺《しわ》を寄せる。

「でも、青葉さんが家を訪れるのが、瀬能さんの日常なんでしょう？」

「それはそうだが、妻を迎えて生活を改めるのはよくあることだ」

妻。その一言を聞いて、咲綾がうつむいた。

箸を箸置きに置き、手を膝の上に載せる。

そして、ぽつんと口にした。

「形だけって言ったじゃないですか」

「なんのことだ」

訝《いぶか》しく思った瀬能が聞き返すと、今度は顔を上げて瀬能を見ながら、咲綾が小さな声で答える。

「わたしたちの夫婦関係」

それに「ああ」と首肯してから、瀬能も箸を置いた。

「だが、きみは私の籍に入った。きみの言う通り、形だけでもきみは瀬能公爵家の人間だ」

「……優しいんですね」

「優しいのか？　よくわからないな」

瀬能が苦笑する。

冷たさをなじられたことはあっても、優しさを褒められたことはない。ゆえに、自分がどうであるか判断する材料もない。

そんな瀬能になにを感じたのか、咲綾も口元をやわらげた。

「本当に、青葉さんのことはこのままでもいいです。瀬能さんに悪いですから。わたしも、そのうち慣れると思います」

「そうか。まあ、どうしても耐え難かったら言え。そのときにまた考える」

津嶋《つしま》家と辰砂を盾《たて》に取り脅してきた男とも思えないまともな物言いに、咲綾はさらに笑った。

そして、その笑みのまま、瀬能の切れ長の瞳へと目をやる。

「瀬能さんは、わたしのこと、考えてくれてるんですね」

「きみがいなくなると困る」

即答に、咲綾の頬がゆるんだ。

咲綾もまだ年若い娘だ。美貌の男にそう言われて、嫌な気がするわけもない。

だが、それもすぐに翳った。

瀬能の、次の言葉を聞いたからだ。

「きみは、託宣の妻だ。それ以上でもそれ以下でもない」

「そうですか……」

咲綾の声が沈む。

わかっていても、聞くのはどこか悲しかった。

「そうだ」

瀬能は咲綾の変化に気づかず、静かに応じる。

「働かなくてもいいと言ったのに、朝食を作ったのか」

「自分だけご飯を食べるのも、気が引けて」

「台所になにもなくて驚いたろう」

目を伏せたまま、咲綾は瀬能の言葉に応じる。

「少し。お食事もご自分で作っていたんですよね。ばあやさんから聞いて驚きました」

それは、瀬能の「公爵」という階級とはかけ離れた姿だ。確かに、ばあやは週に一度しか来ないと言っていたが……日常の些事《さじ》が、彼の超然とした美しさとは結び付かなかったのもある。月の桂男《かつらおとこ》が炊事や洗濯をする姿は想像しがたい。

「ああ。ばあやが来ない日はそうしていたが、どうやら私は家事の手際が悪いらしくてな。こんなにゆっくりと朝食を取れるのは久しぶりだ」

瀬能はなんでもないことのようにそう言った。そして、冷たい声で問いかける。

「こうして働くことで金を得たいのか？」

「ち、違います！　家事は……得意だから……」

「……わからんな。そこの狐よ、おまえは理解できるか？」

瀬能のしなやかな腕が、辰砂へと伸ばされる。

咲綾の隣に寝そべっていた辰砂が、とことこと瀬能に歩み寄る。あっという間のことだった。辰砂は、気持ちよさそうに瀬能に頭を撫でられていた。

その光景を見ていた咲綾の喉《のど》がごくりと動いた。

瀬能に敵意があれば、辰砂はこれほど従順にはならない。この前のように唸り声をあげるなどといった、なんらかの警戒をするはずだ。

つまり、瀬能は辰砂が見えるだけではない。もう、辰砂にも咲綾にも害を加えることはないと……少なくとも、辰砂はそう判断したのだ。

言葉も表情も、相変わらず凍《い》てつくように冷たいが、瀬能はもう敵ではない。

それなら――。

咲綾の胸を、ある考えがよぎる。

「あの、他にも家事をしていいですか？」

「勝手にしろ。きみはもうこの家の人間だ。私に止める権利はない」

「はい。それと、あの」

言いたいが、うまく言えないもどかしさが咲綾を襲う。

喉につかえた塊《かたまり》は、簡単には出てこない。

咲綾が口を無音で何度か動かすのを見ていた瀬能が、首をかしげる。

「——？　どうした？」

そこまで尋ねて、瀬能ははっと棚の上の置時計に視線を投げた。

ここだけは華族の家らしい、丁寧に鍍金《めっき》された精巧な細工の置時計だ。ローマ数字ではなく、咲綾にも読める算用数字が大きく刻まれている。

「こんな時間か。もう屯所に行かねば。続きがあれば、後で聞く」

「わかりました」

咲綾が、どこかほっとした様子でこくんとうなずく。

「今日は帰りが遅くなる。私の夕食の支度は気にせず、先に寝ていなさい」

「はい」

立ち上がった瀬能に了承を送り、咲綾もまた、朝食の片づけを始めようと茶碗《ちゃわん》を重ね始めた。


その日、瀬能は予告通り、遅くまで帰らなかった。

「辰砂……」

　自室で、布団に潜り込んだ咲綾が辰砂を抱きしめる。

　ふっくらとした辰砂の温かさが、今はなにより嬉しい。

「一人ずつのお布団に寝たいと思ったけど……一人になったら寂しいね……」

　すると、辰砂の鼻先が、つんつんと咲綾のひたいをつつく。

「一人じゃない？　そうね、わたしとあなた、二人……あのね、辰砂、わたし考えたの。瀬能さんはそんなに悪い人じゃないみたいだし、一応は寝食をお世話になるでしょう……？　だから、弘樹《ひろき》たちにしたみたいに……」

　すん、と咲綾が鼻をすすった。悲しみが幼い頬に広がる。

「弘樹、元気かな……着物のほつれたの、直せればよかった。お父さん、無理してないかしら……ごめんね、辰砂、泣き言ばかり……」

　辰砂が咲綾に顔を寄せる。金色の目が夜の闇《やみ》の中にきらめいていた。

「大丈夫。わたし、もう泣かない。お嫁に行けば、どうせ実家からは離れるんだもの。それが早いか遅いかの違いよ。だからね、辰砂、わたし決めたの……」

　咲綾の指先が、ふわふわと豊かな辰砂の毛先をつまむ。赤くつややかなそれは、今の咲綾のなによりの支えとなった。

「いいかな？　辰砂」

もふん、と辰砂がうなずいた。

辰砂は言葉は発さないが、咲綾の話すことはきちんと理解しているようだ。

それだけではない。辰砂は時に咲綾の心を読むような行動をすることもあった。咲綾もまた、辰砂の伝えたいことが心に流れ込んでくるのを感じることがある。見えない結びつきは、二人を強く繋ぎとめていた。

「ありがとう。わたし、頑張るわ。そうとなったら明日は早起きよ……付き合ってくれる？」

咲綾があどけなく微笑んだ。

辰砂の前足が、とんとんと咲綾の腕を叩いて了解を示す。

「よかった。じゃあ寝ようね。おやすみなさい、辰砂……」

咲綾がゆっくりと目を閉じる。

数分後、ランプの消された部屋には、主従の静かな寝息が満ちていた。

翌朝。

茶の間の席についた瀬能が、「む」と目を見開く。

今日、ちゃぶ台の上に並んでいるのは粥ではない。炊き立てのご飯だ。その横には、出汁《だし》が香る切干の味噌汁。青菜を湯がいた箸休め。それに、これはいつも通りの干物と漬物。

隅におとなしく座っている辰砂の前にも、匂いが楽しめるように湯気の立つ黒い椀《わん》が置かれている。

「これは精が出そうだ。きみが作ったのか」

「はい」

「……気を遣わせたな」

「いえ、違うんです」

しゃもじを握った咲綾が首を振る。

「違う？　そう言えば目が腫《は》れぼったいな。トラホームか？」

「違うって、そういう違いじゃなくて──！」

しゃもじをおひつに戻し、咲綾がてのひらで目を隠す。昨日、少しだけど泣いてしまったことは内緒にしたい。少女らしい強がりだ。

「わたし、おうちのことをしっかりやります」

咲綾が、てのひらを元に戻して言う。

瀬能が眉を寄せた。

「そんなことはせずとも……」

「ただ養われてるのは性に合いません。ご飯と寝床をいただく代わりに、わたしが家事全般いたします！　昨日、瀬能さんも家事をしていいって言いました！」

どうだ！　と咲綾が胸を張る。

これが、咲綾が昨日決めたことだった。

「辰砂とわたし、ご迷惑はかけません。瀬能さんは今まで通り暮らしてください」

「……なぜだ」

深く息をついた瀬能が、咲綾に聞く。どこか、所在なげな顔だ。

咲綾は瀬能の様子の変化に気づかず、照れくさそうに目を伏せた。

「一応は……旦那《だんな》さまですから」

「そうか」

「もしかして、お気に障《さわ》りましたか……？」

「いや。では、あとできみに買い物などする金をやろう。着物や大きなものが欲しいときは事前に言え。用意する」

「そんな、もったいないです」

「金ならある。私が持っていても死に金だ。きみが生かしてくれるならそのほうがよかろう」

瀬能が、ふ、と笑った。

咲綾の心臓が大きく脈を打つ。

だいぶ慣れたつもりでいたが、この怜悧《れいり》な美貌にはまだまだ敵《かな》いそうにない。

「それなら、どうしてもなにか欲しくなったら、お願いするかもしれません」

「わかった」

しばらく、食卓に沈黙が落ちる。

もともと、共通の話題などまだない。

咲綾が、母親譲りの箸使いできれいに干物を食べていく。瀬能も、初めての咲綾の味噌汁に舌鼓《したつづみ》を打っていた。

その静けさを乱したのは瀬能だ。

「そういえば、きみの父君と弟君のことだが」

「は、はいっ」

恋しがった名前を唐突に口にされ、咲綾が反射的に背筋を伸ばす。

「きみを娶《めと》ったことを改めて伝えた」

「え、あの、お父さんたちはなにか言っていましたか?」

「これから、きみは瀬能家の名のもとに庇護《ひご》されると聞いて安堵《あんど》していた。弟君は、『立派な男になるから姉ちゃんも頑張ってほしい』と言っていたな」

「弘樹……」

「父君は医師に診せた。しばらく入院するかもしれないが、不自由ないように付添婦を付けた。弟君が行く学校は手配中だ。こちらも住み込みの女中を付けたから、父君が入院していても困ることはないだろう」

「なにもかも、ありがとうございます」

「礼はいい。私はそれと引き換えにきみを得た」

「それでも……ありがとうございます。もし約束を破られても、私にはどうにもできないのに、ちゃんと約束を守ってくれて嬉しいです」

咲綾がまぶしそうに目を細めて瀬能を見る。

ついこぼれ落ちた、咲綾の本心だった。

「父と弘樹が、わたしは大好きなんです。だから、瀬能さんのおかげで、父が病院に行けたならよかった……」

「私はきみを奪ったんだぞ」

瀬能が怪訝そうに言うと、咲綾がにこっと笑った。頬を桃色に染めた無垢《むく》な笑みだった。

「それはそれ、これはこれ、です。いいことをしてもらえたら、きちんとお礼を言わなくちゃ。——瀬能さん、本当に、ありがとうございます」

その笑顔を見て、瀬能が歯を軽く打ち合わせる。

瀬能は、自らの喉首を見えない手で押さえられた気がしていた。捕らえ、籠の中に入れた小鳥に、予期せず懐かれればこんな息苦しさを感じるだろうか。

咲綾は笑っている。嬉しいと言っている。

なのにどうして、それを素直に受け入れられないのか、瀬能には自分がわからない。

「瀬能さん、どうかしたんですか？」

咲綾が瀬能の顔を覗《のぞ》き込む。

「お食事、おいしくなかったでしょうか……？」

さっきまでの笑顔が咲綾からかき消えた。

「わたしが作れるのは平民の味ですし、駄目でしたね……すみません」

「違う！」

瀬能に強い語気で否定され、咲綾がびくんと体を跳ねさせた。

出会ったときからずっと、瀬能は冷静な口調を崩さなかった。

それは、刀を抜いて咲綾と対峙《たいじ》していたときも変わらなかった。

なのに急になにがあったの？　と咲綾はせわしなくまばたきを繰り返す。

気に入らないことをしてしまった？　怒っている？　余計なことを言い過ぎた？

咲綾の頭を、いくつもの疑問符が駆け抜けていく。

「……すまない。大声を出した」

「いえ、もし、わたしがおかしなことをしていたら叱ってください。華族さまのこととか、わたしは全然知らないので……」

「華族のことは関係ない。きみを叱ったつもりもない。その」

瀬能が、自身の形のいい顎に手を添えた。

なぜ、咲綾の言葉を強く否定したかったのか、瀬能はその理由を自分の中で探していた。

だが、うまく形にならない。

咲綾が、無言の瀬能を心細げに見守る。

「――きみの料理は、悪くない」

代わりに口にできたのは、瀬能からすれば、とても月並みな一言だった。

しかし、咲綾にはそれで充分だった。

硬くなっていた咲綾の目元がほころぶ。

ふわり。

緊張がほどけた咲綾の顔には、また笑みが浮かんでいた。

「よかった。家事だけは得意なんです。男所帯を切り盛りしてきましたから」

咲綾がはにかむ。

その様を見ていると、瀬能は自分の息苦しさがだんだんと薄れていくのがわかった。

冷えた指先にじわりと血が通っていく。

正解を引き当てたのだと、瀬能は安堵した。

そうだ、咲綾の料理の腕が、思ったよりよかっただけだ、それだけだ。

瀬能はそう自分に言い聞かせ、茶碗を再び手に取ろうとし――やめた。

そして、咲綾にある提案をする。

「きみは、もっと砕けた話し方をしたまえ。青葉くらいでいい」

「?」

咲綾がきょとんと首をかしげた。

辰砂も一緒になってふわふわと首を左右に振る。

「どういうことですか?」

「私は奉《たてまつ》られるのが苦手だ。気持ちが悪い」

「でも」

咲綾が戸惑いを声にする。

瀬能は咲綾に形だけの夫婦だとあれほどはっきりと宣言した。

しかも、瀬能は上流階級のさらに上澄みの公爵だ。これより上の身分は華族にはない。財産も、父と弘樹の今後をすぐに手配してくれたことから察するに、恐らく咲綾の想像以上のものを持っているだろう。

そんな人と、気安く話していいものだろうか。

「逆らう気か？」

返事をしない咲綾に焦《じ》れたのか、瀬能がわずかに声を荒らげる。

「違います。ちょっと驚いただけです。わかりました。……いいえ、わかったわ。これからは、気軽な感じで話します」

言ったそばから敬語に戻ってしまったことに気づき、咲綾が、あ、と口元を押さえる。

「……間違っちゃった、ごめんなさい。ええと……話すわ」

「かまわない。おいおい慣れていけばいい。ところで、ここからは仕事の話だ」

咲綾が居住まいを正す。辰砂もぴん、と尻尾を立てた。

「きみが異形対策部隊の隊員になることだが、屯所にいきなり女性を連れて行くのははばかられる。まずは主な隊員をこの家に招き、きみに紹介し、きみと辰砂の可能性を引き出す訓練をする」

「――嫌だって言っても、駄目なんでしょう？」

「ああ、駄目だ」

咲綾の問いに、瀬能は当たり前だと言わんばかりに答えた。

「わかりました。これも家事の一環だと思って頑張ります。わたし、約束は破らないわ」

「いい心構えだ。だが案ずるな。きみは私の妻だ。それなりの扱いをすることを保証する」

「妻」

繰り返す咲綾の頬が、再びぽっと染まった。

「そうだ。名目上のものでも、きみが私の籍に入ったことは変わらない。隊員たちにもその旨《むね》は周知しておく」

瀬能は赤くなった咲綾を一顧だにせずに先を続ける。そんな瀬能の冷ややかさも気にせず、咲綾は結んでいた唇に明るい色を載せた。

「お気遣いありがとう。少し安心したわ」

そのまま、微笑む咲綾にじっと見つめられ、瀬能が目をしばたたかせる。

「本当か」

「ええ。瀬能さんといると、まるでお父さんといるみたい！」

そう、元気よく咲綾に告げられ、瀬能はなぜか自分が落胆《らくたん》していくのを感じていた。

父のようだと言われることは、咲綾からの信頼の証《あかし》としてふさわしい表現のはずだ。

だが、その「父」がどこか引っかかる。

自分は咲綾の保護者にはなりたくないのだろうか。わからない。

瀬能の玲瓏《れいろう》な顔が曇る。

「――瀬能さん、どうしたの？　お腹《なか》でも痛い？」

「いや、どこも痛くない。きみの杞憂《きゆう》だ。気にしないように。話の続きだが、早速今日、隊員を連れてこようと思う」

ふ、と、今度は咲綾が黙り込む。

これまでの無邪気さとは違う、憂《うれ》いのある咲綾の表情に、瀬能が硬い声をかけた。

「来るのは全員身元の確かな華族だ。不逞《ふてい》の輩《やから》はいないから安心したまえ」

「違うの」

「違うのか。なら、なんだ」

「何人くらいお客さまが来るのかなって。この家、お茶碗もあまりないから……」

どこまでも真面目な調子で咲綾にそう言われ、瀬能は思わず口の端をゆるめる。

久しぶりに、心が凪《な》いだ気がしたのだ。

「来る人数は三人だ。そのくらいの数ならうちにも湯呑《ゆの》みはあるだろう」

「そうね」

「これから来客が増えそうだが、食器はおいおい揃《そろ》えればいい。そうだな、家事をするのはきみだ、せいぜい好きな柄を選べ」

「でも、瀬能さんに余計なお金を使わせてしまうのは……」

「私が持っていても死に金だと言ったろう。それに、これでも私は瀬能公爵だ」

言って、瀬能ははっとする。

自身が公爵でよかったと考えたのは、これが初めてだった。

これまで、瀬能家の名前は、とげとげしい肌触りばかりを瀬能にもたらしてきた。地位も財産も、瀬能を温めることはなかった。むしろ、丁重に扱われる分、瀬能の孤独は増した。帝都を守り帝に讃えられても、その孤独が埋まることはなかった。

瀬能が胸元に手を当てる。

咲綾が、そんな瀬能をいぶかしむように見ている。

「なにか？」

尋ねられ、瀬能は首を振った。

「なんでもない。とにかく、金の面では心配をしないように。きみも快適に暮らせたほうがいいだろう」

「はい！　ありがとう」

素直な返事とともに、咲綾の顔が笑み崩れる。

すると、それと連動して瀬能の心臓がまた激しく動く。これも、初めての経験だ。

瀬能はいつも冷静で、それが冷ややかだと取られることも多い。たとえ雲霞《うんか》のごとき敵群を前にしても脈拍が速くなることはない。

なのに、なんだ、これは？

「そうだ、隊員の中には青葉もいる」

うるさい心臓を誤魔化そうと、瀬能はそんなことを口にする。

すると、咲綾の顔が下を向いた。

「青葉さん……」

無理もない。

一方的に罵《ののし》られ、嘲《あざけ》られたのだ。咲綾でなくても青葉を嫌厭《けんえん》したくなるだろう。

「きみが嫌なら……」

青葉は呼ばなくてもよい、と瀬能が譲歩しかけた時、咲綾がぱっと顔を上げる。

「青葉さんにも、瀬能さんみたいに遠慮なく話しかけてもいい？」

にこっと、名案が浮かんだと言わんばかりの明るい表情だ。

「かまわないが。きみはそれでいいのか？」

「ええ！　男の子の世話なら慣れてます。なにを言われても負けないわ」

咲綾が力強く宣言をした。


前掛けをした咲綾が廊下をぬか袋で磨いている。

下を向き、一心に手を動かす真剣な顔だ。

その後ろを、ぽよんぽよんと辰砂が跳ねながらついていく。手伝いをしているつもりらしい。

「そろそろ瀬能さんが帰ってくるかしら……」

あれから、瀬能は屯所に出勤し、咲綾は慌《あわ》てて場所を聞いておいた和菓子屋に走った。

食事が出せないにしても、せめてお茶くらいはきちんと出したかった。

てきぱきとお茶の準備をしてから、咲綾は客の目に留まりそうな場所を磨き上げていく。

ばあやが掃除をしていくのは週に一度。瀬能はほとんど家事をしない。

そのせいで、一見清潔に見えても、屋敷のそこここにうっすらと汚れがたまっていた。

「これからは毎日お掃除よ。あなたも付き合うのよ、辰砂」

ぽいん, と辰砂が跳ねあがる。

「そう、その意気」

咲綾がふふっと笑う。

「あ、大きな音。瀬能さんの車かもしれないわ。でも、すごいわ。車を使うなんて。やっぱり公爵さまなのね」

瀬能の家や普段の服装は、咲綾の理解の及ぶ範囲だ。女中が通いのばあや一人な点に至っては、小規模な商家にも負ける。そんな中で、車の気軽な使用は、咲綾に瀬能の爵位の高さを改めて感じさせた。

咲綾に応じるように、辰砂がまるっこい頭をぱたぱたと左右に揺り動かす。

ふよふよと動くひたいを咲綾が指先で撫でていると、玄関からざわめきが聞こえた。

やっと聞き慣れてきた瀬能の声と、こちらは忘れたくても忘れられない青葉の声だ。それ以外のものは、瀬能が連れてきた他の隊員だろう。

「さ、辰砂、行くわよ。これがわたしの花いくさ！」

「おかえりなさい、瀬能さん！」

玄関に迎えに出た咲綾が元気よく声をかける。

「ああ。帰った」

いつも通り、しんと冷え切った表情で瀬能が返すと、その後ろから青葉がぴょこりと現れた。

青葉も瀬能も、あの夜と同じ、異形対策部隊の制服だ。日の光に、制服の漆黒《しっこく》が映える。

「まだいたの？　早く実家に帰れば？」

「青葉！　彼女は託宣の妻だ。帰すわけにはいかない」

「わかってる。言いたかっただけ」

そして、青葉がちらりと咲綾を見る。

「あとね、車の中の話だけど、春臣さんの心臓がどきどきするのは、絶対風邪だからね。絶対絶対そうだからね。早く医者に行って、こいつと離れたほうがいいよ」

「医者に行くのはわかるが、なぜ彼女と離れる？　風邪をうつさないようにか？」

「……そうすれば、風邪が早く治るから」

「嘘はやめろ」

するると、二人の背後にいた男が、瀬能に声をかけた。

「隊長、風邪でしたら茶に梅干しの焼いたのを入れて飲むといいですよ」

背の高い男だ。けして小柄ではない瀬能より、頭半分ほど大きい。

その上、体軀《たいく》にふさわしいがっしりした骨と分厚い筋肉を持っている。恵まれた体格をさらに鍛え上げたら、この岩石を彷彿とさせる体ができあがるだろう。

しかし、向き合う者に威圧感さえ与えそうな体形に反して、顔立ちはとても柔和だ。丸みを帯びた大きな目が親しみやすさを、すんなりと形のいい鼻筋が美しさを、彼の面差《おもざ》しに与えていた。

「江木《えぎ》。おまえは青葉よりよほど役に立つな」

「ありがとうございます」

江木が頭を下げる。

「違うと思うんですよねえ……」

江木の隣にいた男が首をひねる。

銀座《ぎんざ》で、瀬能の乗る車を運転していた男だ。

長い黒髪を無造作に後ろでくくっている。身長は瀬能より少し低いくらいだ。ごつごつした江木の体とも、しなやかな筋肉の付いた瀬能の体とも違う、細身の男だった。

眠たげな切れ長の目は長いまつげに彩られている。その双眸《そうぼう》と細い鼻梁《びりょう》、それにつつましい口元が相まって、博多《はかた》人形が男の姿を取ったらこうではないか、と思わせる古風でしとやかな婉容《えんよう》だった。

「物部《もののべ》、余計なこと言うなよ」

青葉に瞬時に言葉尻をつかまれ、物部が苦笑した。

そして、西洋人風のお手上げのポーズをする。顔に似合わずハイカラな男だ。

「大丈夫ですよ、青葉。馬に蹴《け》られて死ぬのはごめんです」

「だから余計なこと言うなってば！」

青葉にぐいぐいと迫られて、物部が体をのけぞらせる。

「わかった、わかりました、ですから離れてください」

「本当にわかった？」

青葉が疑わしげな目で物部を見やるが、瀬能が眉をひそめて二人を眺めていることに気がついて、何食わぬ顔で気をつけをする。

そこに、江木が割って入った。

「ほら、みんな、咲綾さんが困ってるから。人さまのお宅の玄関先で騒ぐのはよくないよ」

「……江木ってさあ、いい奴だけどつまんない男だよね」

騒ぎの原因の青葉にそうまで言われても、江木は困ったように笑うだけだった。体つきと性格は別物らしい。

「俺がつまらない男でもいいから……はじめまして、咲綾さん。江木一成《かずなり》です。隊長の下で働かせていただいています。あの晩も隊長に同行していたので、咲綾さんのことは知っています」

「私は物部眞尋《まひろ》です。江木と同じく、隊長の部下です。僭越《せんえつ》ながら、手が空いているときは隊長の運転手も務めさせていただいています」

「はあ……よろしくお願いします……」

想像以上の男たちの圧に呆気《あっけ》に取られていた咲綾が、ようやくそれだけを言う。

もっと格式ばったいかめしい人間の訪れを覚悟していたから、玄関先でよくわからないことで言い争う三人の姿は、咲綾には咄嗟《とっさ》の処理が難しかった。

辰砂も反応に困ったのだろう。遠い目をしている。

その場の雰囲気を取り持とうとしたのか、江木が大きな体を丸めて咲綾に笑いかけた。

「お騒がせしてすみません。――じゃあ隊長、俺たち、上がってもいいですか?」

「かまわない」

「では、咲綾さん、失礼します」

体の大きさに似合わない、ちんまりと行儀のいい仕草で江木が靴を揃える。

物部もそれにならった。

青葉だけが、不平そうに鼻を鳴らしながら上がり込む。それでも靴は乱れていないあたり、瀬能の言う通り、さすが華族の人間だ。

「お邪魔します」

「いえ、なんのおかまいもできませんが」

ようやく、咲綾がそれだけ言うと、物部が咲綾ににっこりと笑いかけた。

「隊長の奥さまがいるだけで、充分なもてなしですよ。本当に可愛らしい方だ」

「まあ」

咲綾が両頬に手を当てる。明らかに容姿に優れた男性に、こんな風に甘やかに接せられるのは初めての体験だ。

「あ、ありがとうございます」

赤い顔で口ごもる咲綾を、なぜか瀬能はむっとした表情で見下ろしていた。

「本当のことを言ったまでです……しかし、あまりあなたを褒めると、隊長の逆鱗《げきりん》に触れそうですね」

「物部、なにを言っている？」

ギリ、と瀬能から絶対零度の視線を寄越され、物部が肩をすくめる。

「うわ、ちょっとした冗談です。早く茶の間に行きましょう」

「おい、おまえ、僕はそんなこと思ってないからね！」

青葉が、着物の上から咲綾の脛《すね》のあたりを軽く蹴る。

瀬能が青葉を叱ろうとするよりも早く、大きな咲綾の声が響いた。

「なにするのよ！」

「えっ」

意外な反応に、青葉の動きが止まる。

「えっじゃないわ。わたしはたくましい平民よ？　あなたが付き合ってきた華族さまたちみたいに柔《やわ》くはないんだから！」

「な、なんだよ、急にそんな口聞いて。馴《な》れ馴《な》れしい」

「瀬能さんから了解は得てます！　あなたみたいな駄々っ子は弟だと思って鍛え直してあげる！」

「弟って、僕のほうがたぶん年上だぞ!?」

「そういう問題じゃないわ！」

「黙れ」

瀬能の左手が、猫の子をつかむように青葉の首を持ち上げた。

咲綾と二人で話す時より瀬能の目線は険しく、声音《こわね》も冷ややかだ。

「二人とも、ここで騒ぐな。茶の間に行け。物部もだ。江木は……おまえは、悪くないな。だが、おまえも茶の間に行け」

瀬能が三人に鋭い視線を向けると、それまでの喧噪《けんそう》がぴたりと静まった。


咲綾から供された茶菓を口にし終え、三人は一息つく。青葉はまだなにか言いたそうだったが、瀬能の冷淡な眼差《まなざ》しの前に口を閉ざした。物部は、そんな二人をどこか面白がるように眺めていた。江木は大きな背を丸めて、にこにこと咲綾を見ている。

「おまえたち、靴は玄関から持ってきたな？　……よし、私についてこい」

瀬能に促《うなが》され、咲綾たちが庭に下りる。

瀬能宅の庭は、通常の一軒家の庭よりかなりの広さはあるが、庭園といった感じではない。

がらんとした場所には、物干しやなにに使うかわからない桶《おけ》が置いてあり、地面も土がむき出しのままだ。

特になんの特徴もない、まるで空き家の庭だ。ここに長く住んでいる人間がいるのを信じない者もいるかもしれない。

その寂れた印象に拍車をかけるのが、あたりの民家の少なさだ。

瀬能の家も、もとは藪《やぶ》の中にあったのだろう。

今では周囲に造成された宅地用の土地が広がるとはいえ、瀬能の家のぽつんとした居住まいは崩れていない。多少の大声を出しても誰も来ないだろう。

それはいいことだが、そんな場所に、軍服の美丈夫たちがわらわらと群れる姿には違和感しかなかった。彼らの華やかな雰囲気に味気ない風景がそぐわないのだ。

だが、今は誰もそんなことは気にしていない。

これからの訓練のために、互いの間を等間隔に置き、少し緊張した面持《おもも》ちの江木たちが庭に立つ。

そこで、瀬能が目顔で咲綾を指し示した。

瀬能だけは、状況を俯瞰《ふかん》するためか、四人からある程度の距離を置いて立っていた。

「彼女のことは車中で話した通りだ。残るは辰砂だが……おまえたちに辰砂は見えないな？」

「見えません」

生真面目な顔で江木が答えると、物部も合わせてうなずいた。青葉は不満そうにそっぽを向いている。

「今も彼女の足元にいる。朱色の狐だ。普段は間抜けな毛もじゃだが、このように――」

瀬能が腰の軍刀を抜き、咲綾の喉元に突きつける。

だが、辰砂はぷあ、とあくびをしただけだ。口が大きく開くのに合わせて、尻尾がのんびりと上下した。

「どうした。変化《へんげ》しないのか」

「隊長、奥さまに剣を向けるのはあまり……」

「黙れ江木。辰砂、私以外に見えないからといって手を抜くな。いつものように変化せよ」

しかし、辰砂は瀬能の叱責を受けても、丸くふかふかとしたいつもの姿のままだ。

瀬能がぐっと眉を寄せる。

「あの……」

咲綾がおずおずと手をあげた。

刀の刃先を向けられたままにしては、態度が落ち着いている。

「わたしが怖がってないから、辰砂は変化しないんじゃないかしら」

「なに？」

「今までこういうことをされたときは、わたし、瀬能さんが怖かったの。でも、今は怖くないのよ。だって、瀬能さんは意味もなくわたしを傷つけたりしないでしょう？」

咲綾にまっすぐな目で見つめられ、瀬能は一瞬の間のあと、息を呑んだ。

そして、わずかに震える手で刀を鞘《さや》に仕舞う。

「どうしたの、瀬能さん、手が震えてる」

咲綾に顔を覗き込まれ、瀬能は白皙《はくせき》の頬を強く撫で上げた。

「私にもわからない」

困惑を込めて、何度かその動作を繰り返す瀬能に、やれやれ、と物部が声をかける。

「それは、隊長」

その物部の体を押しのけて、咲綾の隣に立った青葉がまくしたてた。

「風邪だよ。風邪！　かーぜ！　もう訓練なんて終わりにして春臣さんは寝たほうがいいよ。うん、そう、絶対」

「しかし咳《せき》も寒気もない。この程度で休みを取るわけにはいかぬ」

納得しかねる、と瀬能がひたいに手を当て「平熱だ」とつぶやいた。

「いや、隊長、たぶん、それは」

物部が重ねてなにか言おうとしたとき、青葉が右手を拳銃の形にして物部の顎に向ける。指先には、咲綾の家を襲撃した夜と同じ光が、ぱちぱちとまとわりついていた。

「物部、口ごと吹っ飛ばされたい？」

「……いいえ」

目線を下げて青葉を見た物部が、「お手上げです」のジェスチャーをまたした。

その様を見ていた江木が、人のいい笑みを浮かべて口を開ける。

「二人とも、仲良く、だよ。それにしても、刀を向けられても堂々としている咲綾さんは、とても立派な乙女だね」

「江木もそれ以上はやめたほうが」

物部にたしなめられ、江木がきょとんと首をかしげる。体形とあいまって、愛らしい熊のようだ。

「なんで？」

「あーもう！　とにかく！　見鬼《けんき》の才のある私にも見えないのだから、辰砂さんは位の高い方なのでしょう。強さをひけらかすのは三流、強さを見せないのが一流です。そういった方なら、隠形《おんぎょう》に長《た》けていてもおかしくはない」

「辰砂、あなた、位が高いの？」

咲綾に問われた辰砂が、もふん！　と首を横に振る。

「違うって言ってます」

「ご本人が正直に言うわけないでしょう。――さて、辰砂さんはお強いらしいと隊長からお聞きしました。なのに、咲綾さんはその強さを知らないとか」

「その通りだ」

「それでは、ここは私にお任せください」

物部が茶の間にまで抱えてきた大ぶりの鞄に手を入れる。中に入っているのは、札でぐるぐる巻きにされたいくつかの小さな木の箱だ。

「隊長、まずは我々の力をお見せするということでよろしいですか」

「かまわん」

瀬能が物部に了承を与える。物部は箱を一つ取り出すと、覆《おお》っていた札を無造作に破り、ころん、と地面に転がした。

すると、もくもくと黒い靄《もや》が箱から生まれ、広がっていく。

「これは、私が封じていた異形です。ごく弱いものなので、普段は部隊附《つ》きの巫女《みこ》の祓《はらえ》の訓練のために使っています。咲綾さん、私の力はこのように、念を込めた札で異形を封じたり、自らの身を守る結界を作ったりするものです。隊長たちのように派手な力ではないのですが、あとはご一緒に過ごす中でおいおいお見せしていければ」

「はい。この靄、嫌な感じ……」

「弱いですが、異形ですからね。次は江木かい？」

「うん」

同意しながら江木が両のこぶしを打ち合わせた。いつの間に身につけたのか、そのこぶしは黒い手甲に覆われている。

「俺はあまり神社の息子らしくないんだけど……」

そう言って、江木が大きく腕を振りかぶる。ヒュッという風切り音とともにこぶしは光の尾を引いて動き、靄を切り裂いた。

裂けた部分は砂絵のようにぱらぱらと宙に散り、そして空へと消えていく。

「こんな感じで、異形を殴って消滅させるんだ。腕が光るから、夜でも見やすくていいよ」

「すごいわ！」

咲綾が素直に褒めると、江木が照れくさそうに「えへへ」と笑った。体が大きい分、そんな仕草がとても微笑ましい。

「江木のこぶしは強い。私も江木には殴られたくない」

「ありがとうございます。隊長」

しかも、瀬能にまで褒められ、江木は大きな体を小さくしながら、また笑った。

「じゃあ、最後は僕だね」

咲綾の横に立っていた青葉が、両腕をまっすぐ伸ばし、指先を組み合わせる。

ばちばちと帯電音がした。

それとともに、光る粒子が空中を飛び交い、次々と青葉を目指す。

数秒の間のあと、咲綾の家で見せたのとは比べようもない量の火花が青葉の指先に集まった。その火花は次第に丸みを帯び、光り輝く大きな雷球となる。

「ばん」

青葉の声とともに、雷球がその指先から放たれる。目では追えないほどの速度だ。

無数の火花をまとわりつかせ、雷球は勢いよく空気を切り裂いていく。風圧で土埃が巻き上がり、晴れていたはずの庭は、茶色にけぶった。

その茶色の中で、雷球だけが鮮やかに光っている。

とうとう靄と正面からぶつかり合った雷球は、ばりっと音を立て、さらに形を大きくする。青葉の指先にあった時より大きく膨れ上がった雷球は球形を解き、靄に覆いかぶさった。雷球の光の強さは、まるで夜空の一等星だ。だが、それに見とれる間もなく、光は靄をかき消し——四散した。ひときわ大きな発光をその場に残して。

すべては一瞬の出来事だった。

少し間を置き、残っていた光の粒がぱらぱらと庭に降る。咲綾と辰砂は唖然《あぜん》として、流れ星がそのまま落ちてきたような光景を眺めていた。

「どうだ、僕は怖いだろ」

「青葉、全力を出さないでください！　隊長の家を壊す気ですか！」

物部に怒鳴りつけられ、青葉がうるさそうに耳をふさいだ。

そして、負けないくらいの大きさで言い返す。

「虫よけだよ！」

「虫よけならば、よもぎをいぶせば……」

二人の間に入り、真面目な調子で言う咲綾に、青葉が一瞬、ぽかんと口を開けた。

「……アンタって鈍いって言われない？」

「いいえ、別に」

「あっそ。じゃあ言ったげる。鈍いよ」

そんな青葉にもう慣れたのか、咲綾は「鈍くても結構よ」と平然としていた。

ひたいに手を当ててため息をついていた物部が、ちらりと瀬能に目をやる。よし、と瀬能がうなずいた。

たぶんわかっていないんだろうな、と思いつつ、物部がまた箱を手に取る。

「では、もう一つの箱を開けます。辰砂さんの前に置いて、どうなるか反応を見ましょう。もし辰砂さんが戦闘向きでなくても、そのときは今お見せした力で我々がなんとかするので大丈夫です。このように、靄の形しか成せないのは非常に弱い異形ですので、江木のでこぴんでも消し飛びます」

軽口を叩きながら、物部が先ほどと同じくらいの大きさの木箱の封を開け、地面に置く。

また、黒い靄が箱から立ち昇った。

物部が風を送るように優雅に手を動かすと、靄がわずかに咲綾のほうへ流れ――。

ばつん！

あっという間に、靄に届くほど長く胴を伸ばした辰砂が、大きく口を開けてから閉じる。

靄の一端は、しっかりとその口に嚙《か》みしめられていた。

「え、辰砂、え」

そのまま辰砂はがばりと再び口を開け、靄に鋭い牙を通す。がつ、がつ、と何度か力強く辰砂の顎が動き、そのたびに靄は小さくなっていく。

異形を食べているのだ。肉食獣が餌《えさ》を食べる如《ごと》く、易々《やすやす》と。

「咲綾さん、どうしたんですか？」

「なにこれ。異形が消えてくんだけど」

「辰砂さんがどうかした？」

咲綾と瀬能とは違い物部たちの目には辰砂が映らない。彼らには、靄が空中でぶつ切りになり、ある一点で唐突に消えていくとしか見えていなかった。

驚き、問いかける三人にもかまわず、咲綾が辰砂に必死で命じる。

「だめ、辰砂、ぺっして！　ぺっ！　お腹を壊すわ！」

だが、辰砂は咲綾の命令を聞かない。残った靄を前足で押さえつけて、最後のひとかけらまで飲み込み、けぷんと小さくげっぷをした。

辰砂が見えない物部は、この場で咲綾以外に辰砂が見えるもう一人の人物――瀬能に慌てて問いかける。

「お腹を壊す？　隊長、どうなってるんです!?」

「辰砂が異形を食べた。これは、本当に予想外に強いな。変化すらしていない。まだ間抜けな毛もじゃのままだ」

「異形を食べた!?」

物部が呆《あき》れて叫ぶ。そんなもの、聞いたことがない。

「辰砂さん、異形は体によくないよ！」

「そうよ、江木さんの言う通りよ。辰砂、口から出して！」

どこかずれた江木と咲綾の大声など辰砂は気にしない。

辰砂は胴の長さを元に戻し、咲綾の足元にゆっくりと寝そべる。そして、ぱんぱんに膨れたおなかを満足そうに前足で軽くさすった。

「大物だな」

瀬能がめずらしく、声を出して笑った。

「大物になんてならなくていいのに……」

咲綾が肩を落とす。

その姿に、物部がなんと声をかけようか迷っている。

彼が最初に開けた箱から、再び黒い靄が生まれていることにも気づかずに。

それは一瞬だった。

うっすらと広がった靄が、しゅんと勢いよく集合する。靄が濃くなる。

しかし、物部の説明なら、すべてはそこで終わるはずだった。

弱い異形は形のない黒色でしかない。はっきりとなんらかの形をとるものは、もっと高等で強力だ。そうなれば、巫女が何人いても防ぐことはできない。対処できるのは異形対策部隊の隊員だけだ。そのため、こうした訓練などにはもちろん使われない。

だが、そこから先に事態は動いた。

これも、瞬時に起きたことだった。

靄は空中で髑髏《どくろ》の形をとる。大きさは子供の頭ほどだが、たちのぼる禍々《まがまが》しさは隠しようがない。不吉さと敵意がいっぱいに詰まった、ぬらりとした質感の髑髏だった。

はっと物部がそれに気づいたとき、髑髏はすでに大口を開け、剝《む》き出しになった歯を見せつけたまま、青葉に急激な速さで襲い掛かっていた。

物部が胸元から出した札を構えるが、髑髏の周囲を漂う黒い炎が飛びつき、あっという間に札を焼いた。普段ならまずそんなことは起きない、そのための対異形用の札だ。驚きが張りついた顔のまま、指を焼く痛みに耐え、物部は次の札を繰り出そうとする。

江木がこぶしを振りかぶりながら駆け寄る。だが、その光は髑髏本体にたどり着く前に靄にからめとられた。勢いよくこぶしを振り抜くと、ぱちぱちと靄が爆《は》ぜる。それは髑髏の手前で再集合し、黒い壁となった。

――これは、訓練用などではない。

二人はすぐに気がついた。

青葉は指先を髑髏に向けるが、雷球は出ない。先ほどの一撃で全力を使い果たしていたからだ。青葉の雷撃は恐ろしく強力だが、一度力を使い果たすと、再充塡《じゆうてん》に時間がかかる。

「ちっ！」

青葉が舌打ちした。

それでも、かすかに残された力で青葉は髑髏を迎え撃とうとする。

異形対策部隊の一員として、無策のまま一撃を受けるなど、自分が許せなかったからだ。

指の一本や二本は持っていかれるかもしれない。

そう思いながら、青葉が凛《りん》、と前を見据える。

かまうものか。瀬能の前で無様にあがくほうが恥だ。瀬能の前では、いつだって潔《いさぎよ》く、全力で戦う隊員のままでいたい。

青葉の左目が、覚悟に青くきらめいた。

「辰砂！　助けて！」

その時、隣にいた咲綾が、青葉を守るように前に飛び出した。

青葉の視界いっぱいに、頼りないほど細い咲綾のうなじがうつる。

なにが起こった？　青葉がそう問う間もなかった。

咲綾の声を受け、あっという間に獰猛《どうもう》な姿に変化した辰砂は、その体の重さなど感じさせない動きで、宙に舞い上がる。

見事な跳躍だった。

辰砂の全身の毛が逆立つ。体が一回り大きくなる。

そのまま、辰砂は全身で髑髏を受け止めた。

太くなった辰砂の前足から生えた険しい爪が、前方に伸ばされる。

迷いのない動きは、強く、鋭かった。

辰砂の爪は髑髏の側頭部に食い込む。髑髏に大きなひびが入った。

まるで痛みを感じているかのように、髑髏が肉のない口を開ける。

ぐる、と唸り声を中空に残し、軽い音を立てて辰砂が着地した。それと入れ替わりに、刃《やいば》の銀色が日の光を裂いて青葉の前に現れる。

「そこまでだ」

冷たく磨き上げられた響きが終末を告げた。瀬能だ。

いっそ優雅なほどの動きで青葉に近づいた瀬能は、刀を霞《かすみ》に構える。

そのまま間髪容《い》れず、瀬能は刀の切っ先を髑髏の空っぽの眼窩《がんか》へと突き刺した。

衝撃に耐えきれず、空中に浮いたまま、乾いた音を立てて髑髏の後頭部の骨が砕け散る。

瀬能の刀は、髑髏の硬い骨を貫《つらぬ》き、空に射止めていた。

「散れ」

瀬能の言葉とともに、ぎぎ、と鉄がきしむような音が髑髏の口から漏《も》れた。

開いていた上下の顎が、さらに大きく開かれる。

そして、もうこれ以上ないという極限まで開ききり……とうとう、髑髏は真っ二つに割れた。

恨みに満ちた呻《うめ》きを残し、髑髏がいくつかの骨片に分かれていく。

黒いかけらが地面に散り、雪の如く消える。

「二人とも、大丈夫か」

「わたしは平気。青葉さんは」

「……大丈夫……だよ」

「よかった！」

期せずして咲綾に守られてしまった青葉の複雑な表情も意に介さず、咲綾は無邪気に歓声をあげた。

物部が、瀬能に頭を下げる。

「申し訳ありません！　封じた異形の数を見誤っておりました！」

「数だけではない。強さもな。辰砂がいなければ、青葉は傷を負っていただろう」

瀬能が刀を腰に戻す。

物部はなんの言い訳もできない。ただ、自分の不甲斐《ふがい》なさを悔いるばかりだ。

青葉だけではない、結果的に咲綾も危険にさらしてしまった。除隊させられてもおかしくない失態だ。

「まことに……申し訳ありません……！」

「刹那《せつな》のゆるみが生死を分ける、せいぜい気をつけろ」

「はい！」

瀬能は物部を責めなかった。それが余計につらい。自分たちの隊長はいつでも冷静だと思っていたが、こんなときは怒鳴られたほうが楽だった。

守るはずの咲綾に守られてしまった悔いも胸を刺す。辰砂があれほど強くなければ、青葉は手ひどい一撃を食らっていただろう。

「青葉も咲綾さんも、申し訳ありません」

物部に謝られ、青葉が肩をすくめる。

「僕はいいよ。馬鹿なことで全力を出し切っちゃってた自分が悪い」

咲綾も、重苦しい空気を変えようと、にこっと笑って答えた。

「わたしも、辰砂が守ってくれると信じてたから。さっき悪いものを食べてくれたみたいに、なんとかしてくれるだろうと思ってたの。あんなにすごいのにはびっくりしたけど」

その咲綾を見ていた青葉が、不意に表情を翳らせて下を向く。

「僕を庇《かば》うとき、迷わなかったね。僕のこと、憎たらしくないの」

「あ」

咲綾が口元に手を当てた。そして、ふっと穏やかに息をつく。

「そんなこと、考えもしなかった。どんな人でも目の前で困ってたら助けるわ。辰砂にその力があるならなおさらよ。ね、辰砂」

いつの間にか、元の姿に戻っていた辰砂が、もふもふと首を動かした。咲綾はそれを嬉しそうに見守っている。

「……思ったより、根性あるね」

青葉が、こつんと足元の石を蹴飛ばした。言いづらいことを口にしているのだろう。口調はぎこちなく、目線も下げたままだ。

「そう？　自分では考えたことないけど……ある？」

「あるよ」

瞬時に返され、咲綾が照れくさそうに目を細める。

「ありがとう。嬉しいわ」

そう言いながら咲綾が乱れた髪を直そうと指先を前髪に伸ばす。半分になった袂《たもと》が風に翻《ひるがえ》った。髑髏の異形から青葉を庇ったときに、ちぎれてしまったのだ。

「あ、袂」

無残な姿になってしまった袂に青葉が目をやる。

咲綾が、ちぎれた袂を無事だったほうの袂で恥ずかしそうに隠した。

「気にしないで。つくろいものは得意なの」

咲綾のはにかんだ姿に、青葉が目を見開く。

もともと大きかった瞳がさらに大きくなり、いくつもの感情を宿して咲綾を見ていた。

だが、今までの青葉と決定的に違うのは、そこに敵意がまったくないことだ。

はあ、と青葉が頭をかいた。

「負けたよ、咲綾」

「え、なにが？」

意味がわからず、咲綾が聞き返す。

けれど青葉は、これまでの顔を取り戻し、つん、と空を見上げた。

「わかんないならそれでいいよ」

「なによ、それ！」

先ほどまでの険しい雰囲気はどこへやら。咲綾と青葉が、軽口をたたきながらじゃれ合いだす。

そんな二人を微笑ましく眺めていた江木が、瀬能に向かって話しかけた。

「咲綾さんて、すごい方ですね。可憐《かれん》なのに豪胆《ごうたん》だ」

「なに？　おまえはなにを言っている」

「さすが託宣で選ばれた方です。まさか、あの場で青葉の前に立たれるとは。咲綾さんは普通の女性だと隊長はおっしゃっていましたが、実は武術の心得もあるのですか？」

朗《ほが》らかに尋ねる江木とは反対に、瀬能が眉間に皺を寄せる。

こんなときにいつも間を取りなす物部は、まだ自分の失態に沈んだままだ。つまり、無言である。

「江木、おまえはなにか勘違いをしてないか？」

「していません！　隊長、咲綾さんがお好きなものをご存じだったら教えてください。咲綾さんと友人になって、いくさの心構えや辰砂さんのお話などができれば……もちろん、咲綾さんが形だけとはいえ隊長の奥さまなのは承知です。やましい気持ちではありません。俺には見えない辰砂さんも含め、武人として相対したいだけです」

「彼女の好きなものは……」

瀬能の脳裏を、ばあやから聞いていた「干物が好き」という言葉がよぎる。それと同時に、西洋の焼き菓子を食べて笑っていた姿も。

しかし、瀬能はそれらを頭を振って打ち消した。なぜかはわからないが、江木にそれを伝えたくないと思ったのだ。

「……知らん」

「そうですか、残念です。でも、咲綾さんも隊員になれば話す機会は増えますね。これからが楽しみです」

軽やかに言う江木に、瀬能の眉間の皺が深くなった。

理解できない焦燥《しょうそう》感が瀬能の胸に渦巻く。なんだ、なんなんだ、これは。声に出さず、瀬能は何度も自分に問いかけた。が、答えはない。

ともあれ、大正の御代《みよ》、某《ぼう》月、某日、晴れた空の下。

咲綾は、異形対策部隊の隊員として認められたのである。

「瀬能さん、おかえりなさい！」

瀬能が帰ったのに気づいた咲綾が、辰砂とともに玄関へと駆け寄る。

あのあと瀬能たちは、一度屯所に戻る、と咲綾を残して瀬能の家を出ていた。

咲綾はもう少し異形対策部隊について他の隊員とも話したかったのだが、瀬能が妙に急《せ》き立てたのだ。咲綾も、ならば帰宅した瀬能から話を聞けばいいだろう、とそれほど深くは考えなかった。

「今日はお疲れさまでし……どうしたの？　その荷物」

瀬能は、いくつもの包みを両手に抱え込んでいた。たとえ車で送られたとしても、なかなかの大荷物だ。

「いくら車でも大変だったでしょう。持つの、お手伝いするわ」

「いい」

「でも」

「それに、車ではない」

玄関先で押し問答をしていたら、突然そんなことを言われ、咲綾が首を傾ける。

どういうことだろう？

「いや、これらを買ったのは公務ではないんだ。私事に隊の車を使うわけにもいくまい」

さらにわからなくなった咲綾が「とりあえず、上がったら」と瀬能を促す。しかし瀬能は、頑《かたく》なに玄関先を動かない。

「その前に、きみにこれを」

そして、息つく間もなく、瀬能が大量の荷物を咲綾に押し付け始める。

「ちょ、ちょっと、瀬能さん、これ、なに」

「干物だ。それに、この前きみがおいしいと食べていた焼き菓子。マドレーヌというらしい」

「え、え、なんでこんなにたくさん？」

「おしまいに、これを」

咲綾の疑問には答えず、瀬能がひときわ大きな包みを咲綾に差し出す。

荷物の山に埋もれたようになった咲綾が、腕だけで最後の包みを受け取った。

「開けてみなさい」

瀬能に命じられ、「ここで……？」と少し不満そうにしながら、咲綾が包みを開ける。

だが、その声はすぐに歓声に変わった。

「わあ、素敵！」

包みの中に入っていたのは、仕立て下ろしの友禅《ゆうぜん》だった。桃色の地に色とりどりの花びらが散った華やかな染めだ。絹の手触りも滑らかで、咲綾がこれまで着たことがないほど上質な品なのがすぐにわかった。

「駄目にしてしまった着物の代わりだ」

「もったいない。申し訳ないわ」

「別に大したものではない。いらなければ干物と一緒に焼け……咲綾」

「そんなことしません」

瀬能に初めて名前を呼ばれたことにも気づかず、咲綾が、丁寧に着物を包み直しながら頬を膨らませる。

しかし、その表情は長続きせず、すぐに咲綾はにこっと笑み崩れた。

着物が破れたことを、瀬能が気に留めてくれたのが嬉しかったのだ。

――この人は、態度はぶっきらぼうだけど、中身はそうでもないのね。いいえ、意外と優しいのかもしれないわ。行動で表してくれる分、口先だけの人よりはずっと。

そう考えれば、咲綾の心に温かいものが満ちる。

「ありがとう、瀬能さん。大事にする」

笑う咲綾を見て、瀬能は胸元に手を当てた。――青葉は風邪だと言っていたが、風邪で心臓がこんなに苦しくなるものだろうか？

「瀬能さん、どうしたの？」

「なんでもない。そうだ、あとで茶に焼いた梅干を入れてくれ。今日はそれを飲んで寝る」

薬を飲むほどではないが、自分はどこかおかしい。そう判断した瀬能は、江木の勧める民間療法を試すことを決意したのだった。

その胸の高鳴りの正体が、なんであるのかも知らずに。

三章　あやかし乙女、花街に行く

「それで、咲綾《さあや》は連れてきたの？」

備え付けのソファセットに腰を下ろしていた青葉《あおば》が、向かいの机で執務にあたっていた瀬能《せのう》に尋《たず》ねた。

両袖《そで》のついた瀬能専用の執務机は樫《かし》の一枚板で作られている。デザインは瀬能らしく、イギリス風の実直なものだ。全面に施されたニスの照りがことのほか見事なのと、脚部が猫足になっているのだけが職人の自己主張を感じさせる。

今日は公務ということで、青葉も瀬能と同じく黒い隊服を身につけている。青葉の薄茶にやわらかく光る髪に、隊服の練り上げられた漆黒《しっこく》はよく似合った。

異形対策部隊の屯所《とんしょ》は明治《めいじ》宮殿と同じ和洋折衷《せっちゅう》の小ぶりな建物で、場所も明治宮殿の敷地内に位置していた。

その設計は車寄せから玄関まではチューダー様式、外装もレンガ造りの部分が多くチューダー様式を主に取り入れているが、屋根は瓦葺《かわらぶき》で、内部の部屋にも畳《たたみ》敷きの和室があり、文明開化の色が濃く残る独特の建物となっている。また、靴を玄関で脱ぐのも和式に則《のっと》っていた。

「いや、まだだ。御所《ごしょ》で女官に袴《はかま》を着せてもらっている」

当たり前のように瀬能に言われ、青葉が首をかしげた。

「なんで袴？　着物だって別によくない？」

「着物では隊員として動きづらかろうということでな。それに、昨今の女子には袴がモダンだと評判らしい」

その瀬能の言葉に、青葉がそれでなくとも大きい目をさらに大きく見開いた。

「女子の評判……？　誰に聞いたの……？」

嘘《うそ》だ、信じられない。春臣《はるおみ》さん、大丈夫？

瀬能に聞かせたら怒りを買いそうなセリフの数々が、ぐるぐると青葉の頭をめぐる。

瀬能が他人の評判を……それも、女性の評判を気にするなんて。

瀬能は、いつも超然として孤高だった。その生い立ちのせいか、他者を自己の中に入れ込むことを厭《いと》い、一人であたりを俯瞰《ふかん》することを好んだ。

こうまで青葉が言い切れるのも、瀬能と青葉の付き合いが他の隊員よりずば抜けて長いからだ。

青葉家と瀬能家は遠いが血縁関係がある。そのため、親戚として二人は幼いころに知り合っていたのだ。

しかし、動転する青葉にも瀬能は一顧《いっこ》だにしない。いつも通りの感情の読めない表情で当たり前のように答えただけだった。

「女官に聞いた。私の知る女性はばあやと女官ぐらいだからな、致し方ない」

さらに青葉が目を見開く。ソファからも体を起こして、瀬能へとその瞳を近づけた。

美しい瀬能に競って声をかけたがる女官がいるのは青葉も知っている。だが、瀬能のほうから声をかけることなど皆無に近い。まれにあったとしても、事務的な伝達事項を必要としているときくらいだ。

「春臣さんが自分から聞いたの？」

「いけないか。私は俗事に疎《うと》いからな。女官も喜んで教えてくれたぞ」

「まあ、それはそうだろうねえ……」

ようやく目の大きさを元に戻した青葉が、とすんとソファにまた背を預ける。

華族の子女が多いといっても女官も年ごろの娘たちだ。圧倒的な美貌《びぼう》と権力を兼ね備えた瀬能に心惹《ひ》かれない者はいない。

それは妻を得ても変わらない。しかも、帝《みかど》に近い高位の女官は、瀬能の結婚が形だけのものだとどこからか噂《うわさ》を聞いている。

ならば、愛人になり、その上で男児を産めば――正式な妻は無理でも、次の代の瀬能公爵御生母になれると、野望を抱く者もいるのだ。

「氏《うじ》なくして玉《たま》の輿《こし》……か。女は怖いよ」

「怖いか？　皆、親切だったが」

「どうだろうね、たまには咲綾みたいな例外もいるかもしれないけど。……それで、今日は咲綾と一緒に来たの？」

「ああ。物部《もののべ》は車を寄越すといったが遠慮した。いつも通り徒歩だ。徒歩で屯所まで行くことで世情を学べることも多々ある。咲綾もそれでいいと」

「さすが庶民《しょみん》。強い。え、どんなこと話した？」

「なぜそんなことが聞きたい？」

瀬能の眉間《みけん》に皺《しわ》が寄る。

もともと、瀬能は余計なことはあまり口にしない人種だ。平均的な男性と比べても無口なほうだろう。なのに、青葉に遠慮なく次々と問いかけられることで、あからさまに機嫌が急降下していくのがはたから見てもわかる。

けれど、青葉はそんな瀬能にも慣れている。

ソファの背に寄りかかり、頭の後ろで手を組みながら悠々《ゆうゆう》と聞いた。

「えー、恋敵への興味かな」

瀬能の眉間の皺がぐっと深くなる。

青葉の青いほうの目がいたずらっぽくちかりと輝いた。

「冗談だよ。そんな顔しないでくれる？」

「おまえの冗談は笑えない」

「まあ、半分は本気だからね」

瀬能の足が、苛立《いらだ》ちに爪先《つまさき》で床を叩く。――だが、まだ怒りにまでは届かないようだ。

瀬能と親しい青葉はそのあたりをうまく判断し、にんまりと笑う。

「そこは置いといて、どんなこと話したか教えてよ」

「私は特になにも」

「無言かよ」

「それでもいいという契約だ」

間髪容《い》れずにツッコミを入れる青葉にも、瀬能は透徹した表情を崩さない。漆黒の双眸《そうぼう》はいつも通り頑《かたく》なで、冬の夜空めいた冷たさだ。

「……ちょっと咲綾に同情してきた」

青葉に言われ、瀬能が険を含んだ声で問い返す。

「なんでもないです。春臣さんが喋《しゃべ》らないのはいいけど、咲綾には少しは付き合ってあげなね。……なんで僕、こんな墓穴掘るようなこと言ってるのかなあ……」

ため息をついた青葉に、今思い出したといった感じで瀬能が口を開く。

「そういえば、咲綾には好きな干物の種類を聞かれたな」

「干物!?」

意味がわからない！　と青葉がソファの上で飛び上がる。

美貌の男と年ごろの娘が連れ立って歩いて交わした会話が、「干物について」……青葉にはまったく理解できなかった。

だが、瀬能は意に介さない。淡々と話を続ける。

「ああ、干物だ。私はアジが好きだと答えた」

「……好きなんだ、アジの干物」

なんとかそれだけを青葉が絞り出す。瀬能と咲綾の会話はまったく予想がつかない。

「贅沢《ぜいたく》だと思われるかもしれんが、イワシより好きだ」

「いや全然贅沢じゃないと思うよ」

「そうか。ならいいのだが」

「なに？」

「咲綾は驚かなかった？」

「咲綾はメザシが好きだそうだ」

「……負けそう」

青葉が両のてのひらで顔を覆《おお》った。

この瀬能は、青葉が知っている瀬能とは違う。

青葉の知る瀬能は、丁寧に鑿《のみ》で麗容《れいよう》を刻み込まれた氷像だった。冷たく、どこまでも冷たく、他人への視線どころか、自己に向ける視線まで凍りつかせた吹雪《ふぶき》の中の氷像。

変えたのは咲綾なのか？　瀬能のそばにいた期間は、自分のほうがずっと長いはずだ。

隊長と隊員の関係になってからも、もう何年もたつ。けれど、自分は瀬能を溶かすにはまるで至らなかった。それが、咲綾は――。

そんなことはないと思いたかったが、どちらにしても瀬能が変化を始めたのは事実だ。

しかも、人間らしい方向に。

「干物に勝ち負けがあるのか？」

いぶかしげに瀬能が尋ねる。

それを、青葉は首を振って否定した。

「いや、干物じゃなくて……まあいいや、それで咲綾と辰砂《しんしゃ》はどんな感じ？」

「なかなかだ。あれから、咲綾と辰砂にさまざまなことを命じてみたが――」

瀬能の脳裏に、ここ数日の咲綾たちとの日々が蘇《よみがえ》る。


『瀬能さん、その物干し台が敵なの？』

縁側に腰を下ろした咲綾が瀬能に問いかけた。

すると、瀬能が間を置かずに咲綾に答え、辰砂にも声をかける。

『そうだ。さあ辰砂、どうする。おまえよりずっと背が高い異形だぞ』

咲綾の足元に控えていた辰砂は、平和な庭で物言わぬ物干し台を指さされ、コン……と遠慮がちに鳴いた。『本気ですか？』とも聞こえる。

『辰砂、瀬能さんに付き合ってあげて。これもお仕事なのよ』

咲綾の手が辰砂の頭を撫《な》でる。

こちらも、少し困った顔だ。

庭でそう言われても……といった感じだが、それでも咲綾は瀬能のために気分を切り替え、辰砂に声をかける。

『ほら、青葉さんを助けた時みたいに、強くなって』

大好きな主人の願いを受けて、辰砂の耳がぴるぴると揺れた。

それとともに、ふかふかとした背中がぐっと力を溜めて丸まり、大きく裂けた口元から鋭い牙が覗《のぞ》く。二、三歩、しなやかな足で歩幅を整えると、辰砂の体が跳ねた。

その勢いは、まるで、弦《つる》から放たれた矢だ。

自身の体重など意に介さず、軽々と辰砂は空中を行く。

そして、物干し台に掛かった物干し竿の上にすとんと着地した。

なんという平衡感覚だろう。

辰砂の四本の足が、細い物干し竿の上で見事にバランスを保っている。

『その後は?』

瀬能の声に、辰砂がぐわり、と口を開けた。

変化《へんげ》した辰砂の迫力に、改めて咲綾が気圧《けお》される。そういえば、辰砂が変化した姿を正面から見るのは初めてだった。いつも、辰砂は咲綾を守るために横か前方にいたからだ。

『急所を噛《か》むのか?』

瀬能の質問に、ばつんと口を閉じた辰砂がもふっとうなずく。正解だったらしい。

『なるほど。自身より背の高い敵と戦うにはいい案だ。咲綾、きみの辰砂はなかなかの戦略家だぞ』

『辰砂、褒められたわよ！』

てのひらを拡声器の形にして咲綾が喜びの声援を送る。

変化した姿のまま、辰砂が得意そうに体を左右に揺らした。

『ならば、こうされたらどうだ』

瀬能が腰の刀を抜いた。そして、咲綾のほうへと向ける。

あっという間にその場の雰囲気が変わった。

なごやかで、どこかのどかだった昼下がりが一気に張り詰める。

『その隙《すき》に、おまえの主人が狙われたら？』

『瀬能さん』

咲綾が訴えかけるように瀬能を見つめる。だが、瀬能はそれを振り切り辰砂と相対する。

漆黒の視線と金色の視線が、空中でぶつかりあった。

『確かに、私は咲綾を傷つけられない。だが異形はそうではない。その時は？』

辰砂が物干し竿の上でかすかに身じろぎする。瀬能に飛び掛かろうと姿勢を変えたのだ。

その辰砂に瀬能は冷酷《れいこく》に告げる。

『おまえが飛ぶ前に、私の刀は咲綾の首を刎《は》ねる。おまえは、主人から離れたことをただ後悔するのか？』

瀬能がそこまで言葉にしたときだった。

辰砂の口が大きく開く。

一瞬だった。

辰砂の喉《のど》の奥に赤い光が見え――そしてあたりが赫《かく》と輝く。

咲綾が不意打ちの眩《まぶ》しさに目を閉じた一瞬。

そして、次に目を開けた時にまず視界に入ったのは、体をさらに大きく膨らませた辰砂だった。

どれだけの速度で跳ねたのだろう。辰砂は、まばたきをするだけの間に、咲綾の前にその体を移動させていた。

『くっ』

突然聞こえた瀬能の呻《うめ》き声に、咲綾が驚き、彼に駆け寄る。

『瀬能さん!?』

瀬能は刀を取り落とし、それまで刀を手にしていた右手を押さえこんでいた。

『瀬能さん、どうしたの!?　大丈夫!?　辰砂、瀬能さんになにをしたの！』

しかし、辰砂は咲綾の声には答えず、低く唸《うな》り続けるだけだ。

『辰砂、なんでそんなに怒ってるの？　瀬能さんが私を本気で斬るわけないわ！』

『いや、いい。咲綾、辰砂を怒らせたのは私だ。きみの守護神たらんとするものの自負をあえて煽《あお》った。だが、こんな力があるのなら安心だな』

『瀬能さん、手は？』

『大丈夫だ。たいしたことはない。辰砂は手加減をした。そうだろう？』

ケーン……！　と辰砂が遠吠《とおぼ》えをする。まだ、体の変化は解いていない。

『咲綾、きみには見えていなかったのか』

問いかけながら、瀬能が何度か右手を握っては開くのを繰り返す。痛みはひどいが、骨まではやられていない。この程度なら今後の任務にも支障はきたさないだろう。

『ええ。まぶしくて目を閉じたら、こうなっていたの。なにがあったの？』

『辰砂の口から光る棘《とげ》が飛び出して、瞬時に私の手を打った。刀を拾い直す間もなく、辰砂はきみの前に立っていたよ。とんでもない速さだ』

瀬能の言葉を受けて、辰砂が大きく縦に鼻先を動かす。どこか誇らしげだ。

『辰砂、きみは爪と牙以外にあんなものを隠していたのだな。青葉の雷撃に似ているが、もっと速い……きみの力を疑って申し訳なかった』

『辰砂、瀬能さんは謝ってるわ。謝ってもらったらどうするの？』

コン、と小さな声で辰砂が鳴く。

そして、するするとその体を元に戻した。

いつものふかふかと丸い狐に戻った辰砂が、おずおずと瀬能の足元に鼻先を寄せる。

そして、何回か鼻をこすりつけた。

『ごめんなさい？』

尋ねる咲綾に、辰砂が何度もうなずく。

『瀬能さん、辰砂のこと許してくれる？』

『ああ。辰砂を試した私が悪い』

『よかったわね、辰砂。瀬能さんも怒ってないわ。仲直りよ』

かがみこんだ咲綾が辰砂の背を撫でると、辰砂がその手に体をすりつける。

『辰砂、わたしのために強くなってくれてありがとう。でも、あんまり無理はしないでね』

辰砂の動きに合わせ、今度は咲綾の指が辰砂の顎《あご》の下をくすぐる。

目を閉じた辰砂が、幸せそうに尻尾を揺らした。

咲綾が、微笑《ほほえ》みながらその先を続ける。

『知ってるでしょう？　あなたはわたしの大事なお友達。牙も爪も、そんなものなくても、大好きなの』

「そんなものなくても、大好きなの、か。咲綾らしいね」

瀬能の説明を聞き終えた青葉が、ソファの表面にカリカリと爪を立てた。丹念に磨かれた、手入れの行き届いた爪だ。

よくわからない、と瀬能が肩をすくめる。

「爪と牙がなくては辰砂は力をふるえまい。それがなくてもいいと思うのは不可解だ」

青葉のふっさりと濃いまつげが下を向く。黒と青の美しい二色が半眼になった。青葉は、自らの内部を覗き込むようにしながら、同時に瀬能のことも視界に収めた。

「――そうだね、春臣さんはそういう人だったね。刀を持たない自分には意味がないと思ってる」

これまでの青葉とは違う、澄んだ静かな声だった。

理由のはかれない悲しみを含んだ、いつもより幾分低い声。

「事実、ないだろう？　瀬能家の嫡男《ちゃくなん》としてできるのは、この刀を振るい、霊力をもって帝をお守りすることだけだ」

しかし、瀬能は直截《ちょくせつ》にそれを肯定した。青葉が秘めた悲しみには、まったく思いが至らないようだ。

「僕にとってはそうじゃないんだけどなあ……」

はあ、とため息をついた青葉が細い足を組む。

それをどう取ったのか、瀬能がきりりと柳眉《りゅうび》を逆立てた。

「私が無能だと？」

「違う違う！　ね、春臣さん、僕は昔、眼帯をしてただろ。青いほうの目を隠すためにさ。でも、今はしてない。どうしてだと思う？」

勢いよく否定した青葉に逆に問いかけられ、瀬能は怒りを削がれたように素っ気《そけ》なく答える。

「知らん」

だが、青葉はひるまない。にんまりと笑って、左の目じりを指先で叩く。透き通る青が、いたずらっぽく輝いた。

「眼帯を外したきっかけはね、春臣さんが僕に掛けてくれた言葉」

「私がなにか言ったか？」

瀬能にとって青葉はあくまでも部下だ。幼いころからの付き合いとはいえ、特別な約束を交わすとか、そんなことをした覚えはない。

気がついたら青葉に勝手に懐かれ、今に至るまでいつも後を追われていた覚えはある。

けれど、自身が青葉に影響を与えたなど、考えたこともなかった。眼帯も気がついたら外れていた。その程度だ。

しかし、青葉は瀬能のそんな反応も想定していたのか、きらめく笑顔を崩さない。

「言った。僕を変える、とんでもない言葉だった」

瀬能が、む、と口をつぐむ。

どうでもいい、と話を切ろうとして……やめた。

「――待て。私はおまえになにを言ったんだ」

どうやら、瀬能の中で、青葉への好奇心が勝ったらしい。

青葉が得意げに手を叩く。

「お。他人に興味が出てきた？　今までならこんなこと言っても無視だったよね。すごいな、咲綾は。僕にはできなかったことだ」

「はぐらかすな。それに、咲綾は今は関係ないだろう」

「怒っても無駄。春臣さんが思い出すまで教えてあげない。咲綾との関係も大ありだけど、春臣さんが自分で気づかなきゃ意味ないからね」

青葉の口角がきゅっと持ち上がる。とても楽しそうな顔だ。

それが一変する。

青葉は、先ほどまでの表情が嘘のように、唇をつんと尖らせて、瀬能を拗《す》ねた目で見上げていた。

「ところで、僕はどう？　そろそろ春臣さんの大切なお友達になれそう？」

「馬鹿《ばか》め。くだらないことに興味を持つな」

「くだらなくないのにな。どのくらい強くなったら、春臣さんは僕を認めてくれる？」

「隊員にした時点で充分認めている。それ以外に言うことはない」

「ふぅん。じゃあ頑張らなくちゃ。春臣さんに頼りないなんて思われたくないからね」

「そうですよ、青葉。私たちの力の泉は有限。無限の泉を持つ隊長の足を引っ張らないようにしなければ」

「物部、ノックくらいしろよ」

するりと無音で部屋に入り、会話に割り込んできた物部に、青葉が顔をしかめる。

「失敬。和室に慣れているもので」

そんな言葉がとても信じられない洒落《しゃれ》た仕草で、物部が片眉を引き上げる。それを見た青葉が、べ、と舌を出した。

「立ち聞きしたかっただけだろ」

「私は青葉に殺されそうなことはしませんよ？」

物部が目を細めて口の端を持ち上げた。

凡庸《ぼんよう》な容姿の人間なら気障《きざ》にしか映らない表情だが、けだるい瞳の見目よい男がすると妙に絵になる。物部が身につけているのが、瀬能たちと同じ黒い軍服なのもそれを強めた。

ぴたりと体に沿うようあつらえられ、黒地に銀の差し色のされた軍服は、物部の東洋的な顔立ちと相まって、退廃的なモダンさを醸《かも》し出していた。

「古狸《ふるだぬき》め」

ソファに座ったままの青葉が、ぷくっと頰《ほお》を膨らませた。

やんちゃで好き放題をしている青葉だが、とらえどころのない物部にはうまく牙を立てることができない。今も、狸と揶揄《やゆ》することしかできないままだ。

物部もそれには気づいている。だから、なんの遠慮もなく青葉の隣に腰を下ろし、白い歯を見せた。

あれからしばらくしょげていた物部だが、「もう二度と同じ轍《てつ》は踏まない」と今ではさらなる札の開発に勤しんでいる。

「狐と狸が揃《そろ》う部隊とは縁起がいい。騙《だま》し合いがうまそうだ」

「戯言《たわごと》はいい。咲綾は一緒ではなかったのか？　おまえは御所を経由してくると言っていたが、そこに咲綾もいたはずだ」

なぜか、苛々とした調子で瀬能が聞いた。それに、物部は飄々《ひょうひょう》と答える。

「残念ながら、私は御所で別のご用がありましたので。咲綾さんとは別に参りました」

「なにやってたの？」

「御所の御蔵の整理です。たまにやらないと収拾がつかなくなる。でも、咲綾さんには、先ほど玄関でお会いしましたよ。女官が手配した馬車に乗ってこられたようですね。袴姿がよくお似合いでした」

「玄関？」

瀬能がいぶかしげに問い返す。

ならば一緒に来ればいいのではないか？　瀬能の頭に浮かんでいたのはそんな一言だった。

しかし物部は、瀬能の想定を覆《くつがえ》す言葉を投げてくる。

「咲綾さんは初めて履《は》いたブーツの紐《ひも》に苦戦されております。脱ぐに脱げない、と。いくら舶来品《はくらいひん》が流行とはいえ、これまで洋式の靴を履いたことがない女性に、いきなり革のブーツは難易度が高すぎる」

物部が首を振ると、はん、と青葉が肩をすくめた。

「牽制《けんせい》さ。いとし君と運命の糸で繋《つな》がれてるのはわたしのほうってね。女官たちならブーツの紐を結ぶのなんかお手の物だろ」

「なるほど。女官たちは妬《ねた》み嫉《そね》みも雅《みやび》なものだ」

青葉と物部が顔を見合わせ、うんうん、とうなずきあう。

砕けた雰囲気の二人をよそに、瀬能が眉間の皺を深くした。そして、地を這《は》うバリトンで断じる。

「おまえたちの言うことはわけがわからん」

こんなときにも瀬能の端整さは欠けることがない。不機嫌な表情でさえ、他人の目を奪う。そんな瀬能にちらりと目をやり、再度、うん、と青葉と二人でうなずきあってから、おもむろに物部が口を開く。

「しのぶれど、色に出でにけりわが恋は……」

「黙れ。百人一首がこの場になんの関係がある。それで、咲綾はどうした?」

冷ややかな眼光で睨《にら》まれ、青葉が「うわ、怖」と身を反《そ》らした。子どもなら泣いてしまいそうな鋭さだ。

だが、物部はそれを軽くいなし、気軽な口調で返してみせる。

瀬能とは違う意味で、底知れない男だ。

「江木《えぎ》にご面倒をみさせてます。あれは巨体に似合わず手先が器用です」

「物部は？　器用？」

自分の指先を矯《た》めつ眇《すが》めつしながら無邪気に聞く青葉に、物部はまた白い歯を見せた。

「不器用ですよ。札より重いものは持ったことがない」

「よく言うよ。宮中に千年仕えた物部家がそんな生易しいもののわけない」

「どうでしょうね。物部の血は古いですが、それだけかもしれませんよ」

「ふぅん。うちは瀬能家と血は繋がってるけど、所詮《しょせん》は傍流《ぼうりゅう》の新しい家系だからね。そのあたりはお手上げだ」

言いながら、青葉が爪の先についていた埃《ほこり》を吹いて飛ばす。

物部がそんな青葉に、兄のように微笑んでみせた時――ぐい、と瀬能が深く身を乗り出した。

「江木が咲綾の靴紐をほどいているのか？」

ようやく本題に触れた、と言わんばかりに、物部が頭を振る。

「まさか。隊長の奥さまのおみ足に触れることなど、あの堅物ができるわけがありません。ただ、隣でがんばれと声援を送っています」

「……面白がってるだろ、物部」

まだ、視線は爪に向けたまま、青葉が含み笑いをする。

「いえ、むしろ、背中を押すような気分ですね。ともあれ、あまりにも鈍感なときは、私が奪わせていただきたいくらいです」

「咲綾は物じゃないよ」

「これは失敬。しかし、奪いたいのは本音です。あんなにきらきらと輝くまっさらな魂《たましい》はなかなかない」

「――おまえたちはなにが言いたい？」

聞いたことがないほどの低い声音《こわね》で瀬能が問う。そのぞっとする冷たさに、青葉と物部は思わず瀬能から目をそらした。

これ以上はまずい。二人が同時に悟った時、ノックの音もない性急さで部屋の扉が開いた。

それとともに、はあはあと呼吸を乱しながら咲綾が部屋の中に入ってくる。

「すみません！　遅くなりました！　みなさんが待ってるのは知ってたのに、ブーツがうまく脱げなくて……よそのお宅なのに、廊下、走っちゃいました。ごめんなさい……」

しょぼんと頭を下げる咲綾に続いて、江木も部屋に入った。こちらはまったく息は乱れていない。ただ、咲綾を心配げに見ているだけだった。足元に控えていた辰砂も江木と一緒に、ふよふよとひげをそよがせながら咲綾に目をやっている。「気にしないで」と言いたいようだ。

「仕方ないよ。あんなに頑丈に紐を結ばれたらなかなかほどけない。廊下を走ってたのも誰も見てないからね」

「江木さんがいたわ」

助け船を出されても咲綾の気は晴れないようだ。しゅん、と下を向く。

咲綾は貧しいながら両親にきちんとしつけられていた。父の生まれた家がもとはそれなりの家だったせいもある。咲綾の父は、財産をなくしても、成人するまでに受けた教育はきちんと身につけたままだった。

「俺は気にしてないから……」

江木が頭をかく。

咲綾がなぜか照れる江木の長身を仰ぎ見て、気を取り直すようにふふっと笑った。

「お気遣いありがとう。それに……廊下を走ってるのを見られたのは恥ずかしいけれど、江木さんがいたからわたしは助かったのよね。わたし一人では永遠にあの紐をほどけなかったわ。江木さんって紐の結び方に詳しいのね」

「うちの父さんは江木家に婿《むこ》入りするまでは海軍にいたんだ。それでいろいろ叩き込まれたんだよ。きちんとしたロープの結び方を知らないと船の係留《けいりゅう》もできないからね」

「すごい！　じゃあ船も動かせるの？」

「うん。も、もしよければ、今度、咲綾さんを乗せようか？　うちの神社の近くに湖があって、そこに小舟が置いてあるんだよ」

「素敵ね。みんなで乗ったら楽しそう。ね、瀬能さん」

咲綾が無邪気に話を振ると、瀬能がこれより苦いものはないといった顔で吐き捨てた。

「どうでもいい」

「どうしたの……？　瀬能さん、怖い顔……」

思わず後ずさった咲綾に構わず、瀬能は普段よりいっそう冷たい声で答えた。

「なんでもない。私は無駄話が嫌いなだけだ」

「そういえば隊長、咲綾さんと辰砂さんの話は？　ここで私たちにもお聞かせくださるとのことでしたが」

困り切った咲綾のために、話題を変えようと物部が水を向けるが、凍りついた瀬能の表情はぴくりとも動かない。

「それは青葉に話した。これから車で移動するから、車の中で青葉に聞け」

「え、ちょっと、僕に丸投げ？」

動揺した青葉が不満を漏《も》らしても、瀬能は意に介さない。

椅子《いす》から立ち上がり、あたりをじろりと見回す。

「これで全員揃った。おまえたちには見えないだろうが辰砂もいる。そうだな、咲綾」

「は、はい」

「よし。今日の目的地に向かうぞ」

◇◇◇

「……ここは、咲綾さんにはふさわしくないのでは？」

先に車から降りた物部が、後部座席のドアを開けながら小声で瀬能に問う。

咲綾に聞こえることを危惧《きぐ》しているようだ。

だが、瀬能は、特に声を抑えるでもなく言い放った。

「任務だ。仕方がない」

そして、優雅な足取りで車から降りる。

青葉との会話で垣間見せた人間らしさは消え去り、冷厳とした異形対策部隊隊長の姿がそこには戻っていた。

仕事と私生活を切り分ける瀬能の手腕は見事だ。いや、この人に私生活などなかったのかもしれない。そう思い、物部は青葉に視線を送る。

物部より長く瀬能と付き合ってきた青葉は、黙って首を振った。

安易《あんい》な哀《あわ》れみは、なんの役にも立たない。

幸いなのは、咲綾がそういった瀬能の態度を気にかけていないことだ。

「そうよ、物部さん。お仕事はちゃんとしなくちゃ。働かざる者、食うべからず。明日の干物のためにも、わたし、頑張ります」

「咲綾さんは前向きでいいね。でも、咲綾さん、今日行くところはちょっと特殊なんだ」

助手席に座っていた江木には、物部のささやきは聞こえなかったのだろう。いつも通りの快活さだ。

この面々の中で、もっとも穏やかに育ってきたのが江木だ。だから、今日任務を果たす場所についても、あまり偏見がないらしい。

「特殊……？」

地面に足を付けた咲綾が首をかしげる。

車から降りた彼女の姿は、女官に整えられた袴姿だ。ただの着物より活動的なものを、との瀬能の要望に女官が応《こた》えた形になる。これからは、袴姿が実質的な咲綾の隊服になるだろう。

今日の咲綾は、この前、瀬能が贈った桃色の友禅《ゆうぜん》に黒の袴を合わせている。腰には、瀬能たちと揃いの異形対策部隊のベルトもしめられていた。

袂《たもと》の角は丸みがあり、いかにも若い娘が身につける着物らしい。

その袂には、水色や瑠璃《るり》色、白、と何色もの花と花びらが金泥《きんでい》に縁どられ丹念に描かれていた。花びらに添えられた深い緑の葉にはところどころ虫食いの描写があり、この着物が上物の加賀《かが》友禅なのを表している。

それだけでも、春がそこに生まれたような晴れやかな姿だが、その姿をさらにモダンにしているのが、足元の茶の革のブーツだ。

草履《ぞうり》では足先が汚れることも多く、鼻緒《はなお》が切れればすげる手間もある。それを排し、足場の悪い場所を歩き回ってもいいように、瀬能は洋風の靴を咲綾に履かせるよう女官たちに命じた。

そこでブーツが選ばれたのが、青葉の言う通り恋のさや当ての結果かは不明だが、とにかく、帝都の流行の最先端が咲綾の足元には配されたのだ。

咲綾の容姿もまた、与えられた衣装に見劣りしない姿に変わり始めていた。

贅沢ではないが栄養の行き届いた食事は、かさついていた咲綾の肌を瑞々しくさせた。少女らしい丸い頬は、つつけば指先を跳ね返す、ぴんとした張りに満ちている。ぱさぱさだった長い髪も、内湯に毎日ゆっくりと入り、ばあやの持ってきたシャボンで洗うのを繰り返したことでなめらかなつやを得て、日の光を鮮やかに跳ね返していた。そのおかげで、今まで通りの三つ編みの髪型さえ、どこか洗練された清楚《せいそ》さを備え始めていた。

けれど、姿かたちより、なにより変わったのは、その表情だろうか。

もともと、咲綾は愛嬌《あいきょう》のある顔立ちの少女だった。だが、貧窮《ひんきゅう》や、辰砂の存在が誰にも見えないことが原因で、無理に大人を演じようとし、愛嬌がかき消されてしまうこともあった。

しかし、今は違う。

瀬能の妻となり、実家の経済的な心配がなくなったこと、瀬能たちの前では辰砂の話題を堂々としてもいい――それどころか、瀬能には辰砂が見える――ことで、咲綾の心を曇《くも》らせるものはとても少なくなった。

咲綾は、次第に年相応の無邪気さで笑うことを覚え始めていた。

今では、丸く形のいい瞳は、見ている者を浮き立たせるような明るさを宿している。ふっくらした唇も、以前よりずっと穏やかな笑みをたたえていた。

憂《うれ》いの中に隠されていた咲綾の愛らしさは、こうして開花したのだ。

確かに、あまり知らない男性との結婚に不安がないわけではない。それでも、咲綾は前を向いている。

一度決めたことを貫《つらぬ》き通す強さを、咲綾は持っていた。

「咲綾が来たことあるわけないか……」

いつの間にか、咲綾の隣に立っていた青葉が、ふう、と軽くため息をついた。

「市井《しせい》の子女には縁のない場所ですからね。名前ぐらいはご存じでしょうが」

物部がそれに応じる。

咲綾は、二人の会話の意味をつかみ損ねて、きょとんと首をかしげていた。

「有名な場所なの？　辰砂、あなた、ここを知ってる？」

車の中では膝《ひざ》の上に抱えていた辰砂に問いかけるも、辰砂も首を横に振るだけだ。

「知らないみたい……」

「まあ、知らなくて当然ですよ。ここは大門《おおもん》。吉原《よしわら》の入り口です」

一行の前には、太い二本の門柱の上にガス灯が設置された、大人の背丈三人分ほどの大きなアーチ門がそびえていた。

そこから先には長い仲《なか》の町《まち》通りが広がり、道中には吉原名物の桜が今を爛漫《らんまん》と咲き誇っている。

「吉原……」

「遊郭《ゆうかく》だよ。お嬢さんの咲綾にはわからないだろうけど」

青葉が顔色一つ変えずに言い放つ。

よしなさい、と制する物部に、かすかに咲綾が微笑みかけた。そして、青葉に視線を移す。

「いいえ、わかってる」

咲綾にきっぱりと答えられ、虚を突かれた青葉が、二色の目をぱちぱちとまばたかせる。

周囲と自分に言い聞かせるように、咲綾が言葉を続けた。

「わたしも、売られそうになったことがあるもの。借金取りが来て、津嶋《つしま》のうちはもうどうしようもないから、わたしは吉原に行けって。怖かった。なにを言っても帰ってくれなかったし。でも、お父さんが家じゅうの物を質に入れて、なんとかお金を用立てて、わたしは行かずにすんだの。なにをする場所かも、その時に聞いたわ」

息継ぎなしに一息に言ったあと、咲綾は凛《りん》、と背筋を伸ばした。

「うちは本当に貧乏だった。だけど、家族だけは見捨てなかった。その恩を今、わたしはお父さんに返してるの」

しん、とその場が静まり返る。

華族の彼らには想像もつかない、貧困という悲しみ。それが、咲綾の姿を借りて歴然と浮かび上がったのだ。

「あ、ごめんなさい。わたし、自分の話ばかり」

彼らの沈黙をどう取ったのか、咲綾が口元に手を当てて押さえた。

「大丈夫ですよ」

やっと普段の顔を取り戻した物部が、咲綾にいつものように物静かに話しかけた。

「だから、咲綾さんはご家族を大切にしているんですね」

「はい。お父さんにも弘樹《ひろき》にも、できるだけ幸せでいてほしいんです」

はにかむ咲綾に、べっと青葉が舌を出す。

「いい子過ぎていじめ甲斐《がい》がないや」

「青葉、咲綾さんの言う通りじゃないか。家族は支え合わないと」

江木が小柄な青葉に合わせて、軽く背をかがめて言う。

頭上を見上げた青葉は、江木にも舌を出す。

江木は、穏やかに目を細めてそれをたしなめた。

「行儀が悪いよ」

「わかっててやってる。……春臣さん、さっさとすまそう。吉原は、うちの隊のいい子たちの教育に良くない」

「まあ、そんな。わたしだって」

世間並みのことは知ってる。と続けようとした咲綾を、物部が首を振って止める。そして、唇の前に人差し指を立てた。

「これでも青葉は気を遣ってるんです。口が悪いことこの上ないですが、咲綾さんが慣れない場所で疲れてしまわないように」

「……そうなの？」

素直な調子で咲綾が青葉に聞く。

「聞くなよ」

つん、と顔を仰《あお》のけた青葉がくしゃりと目元を歪める。そして、そんな表情を余所《よそ》行きに直し、瀬能のほうへと目を向けた。

「いろんなところから目撃証言は出てるみたいだけど、どの廓《くるわ》に行くの？　それとも、中の商店？」

「廓だ。遊女が異形らしきものに襲われて怪我人を出したそうだ。その先の手がかりがあれば、そちらにも手を廻《まわ》そう」

吉原の大通りである仲の町通りをしばらく歩き、瀬能たちは目的の廓にたどり着いた。

吉原は、遊女以外にも遊女の髪を結う女髪結いやその他の下働きの女たち、それに観光に来る女までいたので、咲綾が存在をとがめられることもない。

ただ、きょろきょろするのははしたないと、咲綾はあまりあたりを見回さないよう努力した。

それでも、大門の外では見ることがない、独特の廓の造りには目を奪われてしまう。

特によく目につく大見世《おおみせ》は、どこも政府ににらまれない程度の粋《いき》な外装が施されている。

二階から露台が張り出している風流な廓もあった。

その中の一軒に瀬能は迷わず入っていく。

「これは瀬能公爵さま。よくぞいらっしゃいました」

瀬能が身分と来訪した目的を告げると、青海楼《せいかいろう》の楼主《ろうしゅ》は愛想よく頭を下げた。

異形対策部隊の軍服も、功を奏したのかもしれない。

青海楼は、江戸時代から続く大見世の一つだ。

大見世は、花魁《おいらん》たちも擁《よう》する格の高い店だ。その名の通り、見世自体もとても大きい。

大見世の基本は二階建てで、玄関から入ってすぐのところは広い土間だ。炊事《すいじ》をするための台所も土間に備えられている。そこを通り抜けて板の間に上がると、楼主やその妻が座る内証《ないしょう》がある。その奥には、まともな客はけして入ることを許されないが、楼主一家の住む場所や、遊女たちの仕置きにも使われる行灯《あんどん》部屋、病の遊女を隔離する部屋、禿《かむろ》や下級、中級遊女たちの就寝部屋などがあった。

遊女たちが勤めを果たすのは二階である。

まずは、遊女を監視するやり手の部屋があり、先に進めば、宴会場や格の低い遊女が客を迎える廻し部屋——彼女らは個室を与えられることはなく、大きな部屋に各々の屏風《びょうぶ》をさし廻して客を迎えた——が連ねられ、そして、花魁たちの住まいでもある個室がそれぞれ配置されていた。

そんな高級遊女である花魁の顔が見たいと思っても、ことは簡単ではない。

通常ならば、遊女は見世の玄関横の張見世《はりみせ》に座る。

通りから、籬《まがき》と呼ばれる格子《こうし》一枚で隔てられた場所だ。そこで、客は気に入った遊女を見つけ、内証で指名などをする。

大見世ほど、この籬の格子が細かく、数も多い。格子が天井まで達し、遊女の顔の部分まで隠されているのが最高級の総籬《そうまがき》だ。逆に言えば、見世が小さいほど格子の量は少なくなっていく。

格の低い小見世は、格子が座る遊女の胸の高さほどしかない場合もある。顔が丸見えなのだ。

つまり、格の高い見世は、遊女の姿すら簡単には見せないのである。

青海楼も大見世の習いとして総籬だ。籬の奥に座り客を待つ女たちの姿は、通りからははっきり見えない。

しかも、必死に目を凝《こ》らしても、そこには花魁はいない。

本当に格の高い遊女は、格子の内側に座ってすらいないのだ。

彼女たちに会いたいのならば、とにかく大金を払うお大尽《だいじん》になることが必要だった。

「しかしたかだか局女郎《つぼねじょろう》のためにねえ……確かに、あれは客を送った明け方にあやしげなものに襲われましたが……新政府の方々の親切さは旧幕の方々とは大違いですよ」

廓先で、熊ほどもある黒い生き物に抱え込まれたとあれは言っておりますと、楼主が揉《も》み手をする。確かに、腰のあたりに大きな痣《あざ》をこさえて、仕事嫌さの嘘ではないとも。

局は遊女の格で下から二番目だ。もちろん、自分の部屋など持っていない。廻し部屋で他の遊女と一緒に客を取り、一階の就寝部屋で雑魚寝《ざこね》をする。

瀬能たちのような華族の相手をするなら、花魁と半ば決まっていた。それだけの教養と美を花魁たちは備えていた。だが、局は違う。年季が明けてもほかに稼ぐ術《すべ》を知らず、自分から再び遊女になるような女が位置する位だ。遊郭の中の発言権も低い。

「四民平等。帝は万民に目を配っておいでだ。私とこの青葉が、その局……名前はなんだ？」

「揚羽《あげは》です」

「揚羽に話を聞く。こういった場で男女二人きりになるのは職務でも好ましくないが、青葉がいればいいだろう。こちらの物部と江木には廓内を探索させてもらう。狼藉《ろうぜき》者の痕跡《こんせき》が残っているかもしれん。この時間帯なら、廓に客はいないな？」

「ご配慮ありがとうございます。青海楼は異形が出るなどと噂が立てば、商売あがったりで……せっかく麝香《じゃこう》花魁が売れっ妓《こ》になったのに、参っていたところでした」

「青海楼だけではない。吉原全体から報告は上がっている。ただ、今のところ、異形らしきものに襲われたのがその者しかいないだけだ。吉原に熊は出ない」

にこやかな楼主とは反対に、冷たい口調で瀬能が続ける。

「それは左様で。ところでそちらのご令嬢は？　まさか身売りに来たわけでもありますまい？」

「つまらない冗談だな。彼女も隊員だ」

「ほお。ではこちらのご令嬢も華族の方で。ですが、ただ上品なだけではないですな。溌《はつ》剌《らつ》としている。目つきも勢いがあっていい。生白い学者さんたちにはこういった方が人気です。お嬢さま、もし気が変わりましたら青海楼に。今は旧幕のころとは違います。気楽に大金を稼げますよ。華族でいるより稼げるかもしれません」

　お愛想か本気かわからないことを楼主に言われ、咲綾が思わず一歩下がった。

　津嶋の家に借金取りが来て、むりやり吉原に売られそうになった時の恐ろしさは今でも忘れられない。

　気楽に大金？　そのためになにを引き換えにするのか、咲綾は知っていた。三、四年も働けば、津嶋の家も楽になると借金取りに吹き込まれた咲綾が、その話に乗ってしまいそうになったところで、父が吉原のことを説明して必死に止めてくれたのだ。

「おや、怖い顔をなさらず。そうだ、お嬢さまは麝香花魁とお話でもいかがでしょう。うちの御職《おしょく》です。廓の暮らしがどれほど贅沢か、花魁を見ればわかります。上等の茶菓もご用意しますよ。お嬢さまに、廓は楽しいところだと思っていただければ嬉《うれ》しいですなあ」

　咲綾の立場をどう誤解したのか、楼主はそんなことまで勧めてくる。

「……たわけが。それ以上、彼女に戯言を吐くのは許さん」

　瀬能が怒りを込めた声をあげるが、物部がその耳朶《じだ》に何事か耳打ちをした。

「さすがに……郭を詳しく見分させるのは……」

　遊郭の中には、目を背けたくなるような場所もある。廓の掟《おきて》に背いた遊女が仕置きをされる行灯部屋や、病の遊女が押し込められる投げ込み部屋だ。話を聞きに行く揚羽が局なら、彼女のいる部屋もあまりよくない環境のはずだ。

いくら任務だといっても、年若い咲綾にはつらい光景だろう。自身とさして年齢の変わらない娘たちが苦界《くかい》で苦しんでいるのだ。

一歩間違えば、咲綾もここにいた。遊女たちの境遇は、咲綾にとってけして他人事《ひとごと》ではない。

江木も、物部の耳打ちにうなずく。

「隊長、俺もそう思います。咲綾さんがいかに強い乙女でも、そこまですることはない」

「僕も賛成。咲綾がいてもいなくても変わんないよ」

青葉にまで手をあげられて、瀬能は険しかった表情をやわらげた。

「おまえたちは本当に咲綾に甘いな」

「わたしなら平気です。売られかけただけじゃない。辰砂を連れて方々に行ったもの。いろんなものを見てきたつもりよ」

笑う咲綾を見て、瀬能はひととき言葉に詰まった。

自分たちに同行しろと言うつもりだった。

だが、この咲綾の笑顔を曇《くも》らせたくないとも思ってしまったのだ。

瀬能が言うべき言葉をなくしたことで、場に不自然な沈黙が流れてしまう。

瀬能は、それを立て直そうと咳《せき》払いをして、続けた。

「わかった。今回はおまえたちの意見を聞こう。咲綾はその花魁と話していればいい。辰砂の力が必要なときは呼びに来る」

「え、いいの？」

「いい。聞くところによると、花魁は歌舞音曲《かぶおんぎょく》に優れ、詩歌さえ詠《よ》むという。せいぜい見習ってこい。いつかきみにも必要になるかもしれん」

あくまで素っ気なく言う瀬能に、咲綾が小さく首をかしげ、それなら……とうなずく。

「確かに、わたしは物知らずなところがあるから……歌なんて詠めないし……」

「話は決まりましたな？　それでは、お嬢さまを麝香花魁の部屋に案内させましょう。ええと……ああ、おまえ、麝香花魁の禿《かむろ》のあさぎだね、ちょいとこっちへ来な」

楼主が内証に膝立ちになると、着物姿の子供を呼び止めた。

「なんでござんしょう」

あさぎが足を止める。

見た目は十歳ほどだが、声はひどく大人びていた。

島田《しまだ》に結った髪に、桜の花の細工物が豪勢につけられた櫛《くし》を挿《さ》している。髷《まげ》の左右から滑り落ちるのは、銀のびらびら簪《かんざし》だ。それが、すっきりと端麗《たんれい》な面差《おもざ》しに、よく似合っている。

着物は春らしく若草色。袖口に五色のリボンのつけられた両袂には、左右で一対になるよう、それぞれ節句のぼんぼりが描かれている。花街らしい粋な遊びの柄だ。

禿は、花魁の付き人を務める子供だ。しかし、それだけではなく、成長すれば花魁となる予定の子供でもある。そのため、禿の衣服や教育を整えるのは、禿の姉女郎である花魁の仕事だ。

あさぎの服装と身のこなしは、花魁から十分な資金と環境を与えられていることを示している。

「花魁に客人だ。案内してやんな」

楼主に気軽な口をきかれ、あさぎが瀬能たちに笑顔を見せた。

幼いけれど、自分がどんな顔をすれば男たちが喜ぶか、すでに熟知しているようだ。

「あい。こちらの旦那《だんな》さま方でござんすか」

だが、瀬能たちは眉一つ動かさない。

あさぎが、ん？　と首をかしげる。

楼主が、顔の前でひらひらと手を振った。

「違う違う。この方々はちょいとした仕事で来てる。客じゃない」

「はて、ではどのお方を」

あさぎが、今度は年相応のきょとんとした表情で応じた。

青海楼の楼主は、こういった商売にしては穏やかな男なのだろう。禿に聞き返されても、気を悪くする風もない。

「こちらのお嬢さまを頼む。花魁から廓のことを説明させとくれ。花魁がどれだけいい暮らしをしてるかもね。華族さまだが、うちが気に入ったら来てくれるかもしれないからね」

「え、わたしは」

慌《あわ》ててふるふると首を振る咲綾に、楼主が渋い笑い声をあげた。

「はは、冗談冗談。——だがねえ、あさぎ、この方が華族のご令嬢なのは本当だよ。花魁によおくもてなすように言っとくれ。ご案内したら、おまえは台所から、ほら、巴屋《ともえ》のとっておきの干菓子を。茶も一番いいのを出すんだよ」

「わかりんした。ではこちらへ」

「それじゃあ、旦那さま方はうちの内儀《ないぎ》と小者に案内させましょう。さあ皆さま、どちらさまも、ご遠慮なく」

「名はなんと呼べばようござんすか。わっちはあさぎと申しんす」

廓の中を、ゆっくりとあさぎが進んでいく。

その後ろをついていく咲綾に、あさぎが問いかけた。

あたりは、廓らしく隅々《すみずみ》まで意匠が凝らされ、木造の内装は飴《あめ》色に磨き上げられている。

廊下は、娘二人なら並んで歩いてもまだ余裕があるほどの広さだ。

歴史が沁《し》み込んだようなそれに圧倒されかけていた咲綾が、はっとあさぎへと目をやる。

「あさぎさん……わたしのことは、咲綾って呼んでください」

「あい。わっちら、誰にも丁寧な口をきいてはならぬと習っておりんす。吉原の言葉は華族さまには聞き苦しいやもしやんせんが、勘弁してくんなんせ」

咲綾には耳馴染《みみなじ》みのない廓言葉を話しながら、あさぎは階段を上っていく。手すりにはさりげなく雲竜が刻まれ、遊女のいる上階へと上る客の気持ちを高揚させる造りになっていた。

「大丈夫です。気にしません」

足元についてくる辰砂にちらりと目を落としながら、咲綾が答える。

初めての場所だから心配していたが、辰砂はいつもの通り、ふわふわもこもこと咲綾の横を歩いていた。

もちろん、あさぎにも辰砂の姿は見えないようだ。あさぎは咲綾にしか視線を向けない。

「それはよござんした」

あさぎが、わずかに子供らしく唇をゆるめた。

「咲綾殿、花魁はほんによいお方でおりんす。華族のご令嬢が、なぜこたあ所に来なんしたかわかりんせんが、花魁には腹蔵《ふくぞう》なく聞いてくんなんせ」

ませた言葉選びとは裏腹に、あさぎは心から花魁を慕っているらしい。

花魁について話す時は、ふわりと口調がほどける。

「はい。せっかくの機会です。よく聞かせてもらうつもりです」

そんな会話をするうちに、二人は二階の奥まで移動し、流れる滝のしぶきを銀箔《ぎんぱく》で描いた、壮麗《そうれい》な襖絵《ふすまえ》の部屋の前で止まる。

位の高い遊女は、寝間と客を迎える部屋との二つを持つというが、麝香花魁もそのようだ。

「ここが花魁の部屋でありんす。——麝香花魁、失礼いたしんす」

「お入りなんし」

涼やかな声が聞こえた。

それだけで、美しさを予感させる声だ。

「入りんす。こちら、咲綾殿。楼主さまの客人でござんす」

「楼主さまの……？　女子《おなご》の客などめずらしいこと」

あさぎが部屋の襖を開けると、窓辺に寄りかかり、外を見ていた麝香が振り返る。

咲綾が思わず息を呑《の》むほどの美貌だった。

名のある絵師が一筆で描いたような、くっきりと存在感のある目元。まつげは長くその周りを縁取り、まばたきをするたびにうっとりと揺らぐ。

鼻筋は高くもなく低くもなく、ちょうどいい高さで顔の中央に位置していた。その下には、小ぶりな唇がぷっくりと盛り上がっている。

しっとりとした黒髪は伊達《だて》兵庫《ひょうご》に結われ、丸い琥珀《こはく》が飾られた簪だけが何本もそこに挿されていた。その飾り気のなさが、かえって華やかな顔立ちを引き立てている。

背を滑り落ちている打掛は、砕け散る波を前に錨《いかり》を持ち上げた武者の柄。義経千本桜《よしつねせんぼんざくら》の平知盛《たいらのとももり》の段だ。桜を使わずに桜を表す、粋な柄だった。帯は黒地に金襴《きんらん》の蝶柄《ちょうがら》。春の季節と平家《へいけ》の家紋をかけたそれを、無造作に胸元で結んでいる。どちらも簡単に値を付けられないほどの品だろう。

青海楼にこの人ありと謳《うた》われた、麝香花魁の艶姿《あですがた》だった。

「それが、こういったわけで……」

咲綾より一歩先に部屋に入ったあさぎが、麝香に楼主からの伝言を伝える。

「なんと、わっちに華族さまが？　これはこれは。ござんせ」

麝香が優雅に上座へと網を打った。

腰を下ろすときに打掛が波打つさまは、漁師が網を打つのに似ている。それが、花魁の座る姿がこう言われる理由だ。

上座に座るのも花魁ならではだ。

遊郭の中では、客より花魁が強い。色事の上の遊戯だが、表向きはそうなっている。

あさぎが出した座布団の上に座り、咲綾は麝香と向かい合う。

嗅《か》いだこともない香りが麝香からは流れてきて、辰砂がくふんと鼻を鳴らした。

「なにから話せばいいのやら。まあ、廓は悪いところではありんせん。こうして座敷にちんと構えていれば、いくらでも金が入ってきますえ。できぬ贅沢なぞござんせん」

話を始めた麝香を遮《さえぎ》らないよう小声で、あさぎが「茶の用意をしてきまする」と部屋を出ていく。

それを鷹揚《おうよう》に顎を動かして見送り、麝香がまた咲綾を見つめた。

「これこのように、外にいては死ぬまで手に入らないような着物も手に入りんす。綺麗《きれい》でござんしょう？」

麝香がゆったりと片袖を持ち上げる。

その仕草にも、咲綾は圧倒されていた。

麝香は、咲綾がこれまで出会ったことがない人種だ。

美しさなら、瀬能も充分美しい。だが、麝香はそこになにかを渇望する切なさが色を添えている。咲綾にはわからない種類の欲望だ。しかし、それがあるからこそ、麝香の全身は、人を惹き付ける色香を放っていた。

「食事も悪うはござんせん。三度三度、熱い白い米とお菜、ほかがよければ出前……しかし、これは、華族のご令嬢には釈迦《しゃか》に説法でござんしたな」

咲綾の脳裏に、煎《い》り米で生きていた瀬能が浮かぶ。

「そんなことはありません」

それに加えて、干物と漬物しかなかった瀬能家の台所を思い、気がつけば咲綾は食い気味に答えていた。

「さよでありんすか？　わっち、近いうちに伯爵の妻となりんすが、廓より食事が落ちるなら、話を断りとうござんすなあ」

くすくすと笑う麝香に、咲綾が頬を赤らめた。

「すみません。たぶん他の華族は大丈夫です。瀬能さんがちょっと特殊なだけで……」

「ほほ……どこのお家《いえ》にも変わった殿方はおりまする……」

麝香が口元を隠し、優雅に受け流す。

そこに、咲綾が真面目な顔で尋ねた。

「あの、聞いてもいいでしょうか」

「楼主さまの言いつけでありんす。なんなりとお尋ねなんし」

「麝香さんは華族と結婚するんですか」

「あい。馴染みの伯爵がわっちにぞっこんでありんしてなあ。わっちが恋しゅうてたまらんと。ほんに、廓の暮らしは悪いものではなさんすえ。こうして、水呑百姓《みずのみびゃくしょう》の娘が伯爵の妻になり、来年の今ごろはわっちも鹿鳴館《ろくめいかん》で咲綾殿に挨拶《あいさつ》をしているやもしゃんせん。青海楼で花魁をしてなかりんせば、こたあ幸せ、到底つかめなかったでござんしょう」

「幸せ……ですか」

咲綾が頼りない口調で繰り返す。

咲綾もまた、公爵の妻だ。

けれど、麝香のように迷いなく「幸せ」と言える自信はない。

求められて嫁《とつ》いだ身なのは同じはずだ。

それでも、麝香の相手には瀬能とは違う想いが、根底にある。

咲綾の心が揺れた。

――そのほうが、幸せなの？　いまさら戻れない道だけど……でも、恋……？　それはどんなもの？　そんな気持ち、わからないのよ。

「さよさよ。わっちのために新しく家を建てると伯爵は言っておりんす。その家の箪笥《たんす》一杯に着物をあつらえ、使用人をたっぷりと雇い……わっちは奥さまとして笑っていればよいと。屋敷の奥で姫さまのように扱われる……願いはなんでも叶う……これ以上の幸せが女子にありんしょうか」

「わかりません……」

咲綾は、戸惑いのまま正直に答える。これまで、とてつもない勢いで流れていく日々の中、咲綾はそういった問いを自分にしたことはなかった。

父と弘樹、それに辰砂。家族との生活は、確かに幸せだった。ならば、それを取り上げた瀬能との暮らしは不幸だろうか？　そうでもない気がするのだ。

がらんとした屋敷を磨き、台所に皿を揃えていく充実感。なにより、瀬能の時折見せる笑顔――。

瀬能さん。

咲綾が胸の中でつぶやく。

家族になるのと夫婦になるのは違うの？　もしかしてわたしは、大切なことを知らずにいるの？

考え込んでしまった咲綾に、麝香があでやかに微笑む。

「なにをお悩みなのやら。それとも、ご令嬢には縁のない話でありんしたか」

「いえ、そんな、わたしは」

あなたと似た身の上です……そう、咲綾が続けようとして――。

「花魁、お逃げなんし！」

茶の盆はどこかに置いたのか、両手で襖を開けたあさぎが、鋭く叫んだ。

「あさぎ、いかがなさんした？」

「帝の部隊が花魁を捕まえると……わけはわかりんせんが、楼主さまに伯爵に使いを出してもらいまする……！　同じ華族さまなら、きっと……！」

なにが起きたの？　麝香さんを、捕まえる？　瀬能さんたちが？

咲綾が座布団の上で体を硬くする。

「はよう、はよう。わっち、話を漏れ聞いて、急いでここまで来なんした！　南の階段ならまだ逃げられんす！」

あさぎに逃亡を勧められ、麝香が大きく目を見開く。しかし、あさぎの警告に心当たりがあるのだろうか、麝香は立ち上がり、重い打掛をばさりと肩から床に落とした。

「麝香さん？」

咲綾が問いかけるのと同時に、青葉が瀬能に呼びかけている声が、麝香の部屋まで届いた。ようやく聞こえる程度の小さな音だが、それは、早くとか無傷でとか、そんなことを言っている。

「咲綾殿、最後まで話ができず申し訳ないことでありんした。あさぎ、これまでよう尽くしてくんなんしたな。立派な花魁になりんせ」

そう言い残し、中着だけの身軽な姿になった麝香が、だっと走り出す。あさぎはその場ではあはあと息をついている。

事情のわからない咲綾は、部屋の中で視線をうろうろと動かし、それから、ためらいがちにその場に立った。そして、傍《かたわ》らの辰砂を、あさぎには聞こえない程度の小声で促《うなが》す。

「行くわよ、辰砂。あの人の匂いを追って。変わった匂いがしてたから、できるわよね？」

もふっとうなずいた辰砂を先に立たせ、咲綾が麝香の部屋を出ようとする。

すると、あさぎが、泣きそうな顔で咲綾の袖を引いた。

「咲綾殿まで花魁を捕まえようとなさんすか！」

「ごめんなさい。でも、わたしもあの部隊の隊員なんです。それに、瀬能さんたちは話せばわかってくれるはずだから……逃げるんじゃなくて、きちんと説明をしたほうがいいです。そう麝香さんに伝えます」

「同じ女子同士ではありんせんか！」

「本当に、ごめんなさい！」

引き止めるあさぎの腕を振り払い、辰砂と咲綾が走り出す。

これは、咲綾が隊員として初めて選んだことだ。

どうか正解でありますように。そう祈りながら、咲綾は階段を駆け下り、突然、麝香が逃げ出したことに唖然《あぜん》としている楼主に黙礼だけして、ブーツに足を突っ込む。

苦戦した紐は結ばず、そのまま、先導する辰砂の後をついていく。

春の吉原を、咲綾は一筋の弾丸のように駆けていた。


それは、朽ちかけた石祠《せきし》だった。

吉原の隅、お歯黒《はぐろ》どぶと切見世《きりみせ》に挟まれた通りの隅にある、人気《ひとけ》のない空き地にぽつんと建っている。

お歯黒どぶは、遊女が逃げ出さないように吉原の周囲に張り巡らされた水路で、切見世は、病や老いでどうにもならなくなった遊女が最後に男の袖を引く場所だ。

華やかな花街に沈殿する昏《くら》さを引き受ける通りは、吉原の中でも特にすさんでいて、石祠などには誰も目をやらない。

そこに、息を切らし走って来た麝香の腕が伸ばされる。

裸足《はだし》でここまで駆けてきた麝香の足は土で汚れていた。

だが、そんなことは気にせずに、麝香はその場に膝をつき、石祠に手を合わせる。

「……さま……神さま……お助け……」

荒い呼吸を交えながら、麝香はなにかに一心に祈っていた。

こんなところにまだ神がいるのだろうか？

けれど、麝香はその存在を疑っていないに違いない。作り物めいた美しさの瞳を潤ませながら、なおも祈り続ける。

「わっち……あと少し……はよう……」

その時、同じく息を荒くした少女の声が、背後から麝香の耳に聞こえた。

「麝香さん、ここにいたんですか」

麝香がゆっくりと立ち上がりながら振り向く。

「咲綾殿……でござんすな。逃げたわっちを追うて大門に行かないということは、女郎が逃げたらすぐに門に手が廻ると知っておりんす方……吉原に詳しくないと嘘をつきなんして……ひどいお方……」

悲哀を閉じ込めて、それでも笑う麝香に、咲綾はなんと答えようか迷う。

大門のことは知らない。ただ、辰砂が導く方向に自分は来ただけだ。

でも、麝香に辰砂は見えない。それなら勘違いはそのままにしておくほかない。今、聞くべきことは他にもある。

「麝香さん、どうして逃げたんですか？　瀬能さんたちは厳しい人だけど、話のわからない人じゃありません。麝香さんが悪くないなら、ちゃんと理由を聞いてくれます」

咲綾は必死だった。

なぜ麝香を瀬能たちが追っているかはわからない。

けれど、座敷で話をした麝香は悪い人間には見えなかったし、瀬能たちの部隊も、瀬能は怖いが、物部や江木なら麝香が逃げたことを怒らずに話を聞いてくれると思ったのだ。

咲綾は話し合うことの力を信じていた。そして、それ以上に、誰も傷つけずに物事を収めることができれば、と願っていた。

戸惑いがちに、麝香が声をあげる。

「あの、鬼より怖い帝の部隊が……？」

「怖くないです。わたしも一緒に行きます。もし、麝香さんが濡れ衣を着せられそうなら違うって言います。だから麝香さん、瀬能さんたちの所へ戻りましょう。もうすぐ結婚するんでしょう？　幸せになるんでしょう？　そのお話を壊さないためにも」

咲綾に言われ……麝香が首を横に振った。

「いな。幸せになぞ……幸せになぞ……」

青海楼での自信に満ちた姿とは違う、苦衷《くちゅう》にあふれた口ぶりだった。

「麝香さん……？」

咲綾が問いかける。麝香が赤い唇に白い歯を立てたあと、なにかを思いきるように空を見上げる。そして、咲綾へと視線を戻した。

「どうせ、楼主さまから聞いておりんしょう？　わっちに将来を誓った幼馴染みがいたことを」

「伯爵さんのことですか？」

よどみなく咲綾に聞かれ、麝香がぎゅっとこぶしを握り、吐き捨てる。

「あんな男！」

その姿は、座敷で玉の輿に乗れた嬉しさを語っていた麝香とは、まるで別人だった。

不思議がった咲綾が、ぱちぱちと何度もまばたきをする。

　麝香はあんなにも、自らの幸運を誇っていたではないか。

　伯爵に見初《みそ》められたことを、誇らしく語っていたではないか。

　咲綾の中に、いくつもの質問が浮かぶ。

　考えをうまく形にできない咲綾の様子に気づいた麝香が、長いまつげをゆっくりと上下させた。

　美しい――けれど、悲しみに満ちた眼差《まなざ》しが、咲綾を捉《とら》える。

「……咲綾殿は知らぬのでござんすな。わっちは、年季が明けたら幼馴染みのところに帰るつもりでありりんした。あの人が、身請けの金も用意できぬ奉公人でもようござんした。自由になれれば貧乏でもいい、わっちも前掛けをして、そろばんをはじいて、紺屋高尾《こんやたかお》のようにいつか二人の店を持とうと……」

　麝香が、今気づいたかのように、開いてしまった中着の襟《えり》をかき合わせる。爪紅《つまべに》を施した麗《うるわ》しげな指先も、前掛けをかける仕草で、ほどけかけた帯に添えられた。

「憎いのはあの伯爵。わっちに横恋慕して、妻にしてやる妻にしてやるとしつこうござんした。わっちはもちろん、惚《ほ》れた男がいると断りなんした。ええ、瘦《や》せても枯れても、わっちは青海楼の麝香。意地もありんす。銭金になど頭は下げんせん」

麝香の顔を一瞬よぎった、大見世の御職らしい確固とした強さ。しかしそれは、すぐになよやかな悲しみに変わる。

「なのに、卑怯《ひきょう》なあの男は、あの人の勤めるお店《たな》を潰すと言いなんしてなあ……住む場所をなくしてやると言いなんしてなあ……わっちにも、どうしようもありんせん……」

「え、でも、麝香さんはこんな幸せはないって」

「そうと言わなければみじめでありんす！」

咲綾の一言に、麝香は弾ける勢いで言葉を返した。

「苦界に身を沈め、娘時代を諦《あきら》めて、いくらでも金が入ってくるなどと見栄を張って！　稼いだ金など右から左に消えていきまする！　着物！　簪！　禿の世話代！　花街の花でいるためにはどれほどの金がいることか！　その上、好いた男まで取り上げられたら、わっちにはもう、なにもなくなってしまいんす！」

「そんな……」

「あの人とは里を出るとき、指切りをしなんした。わっちを花嫁御寮《はなよめごりょう》にしてくれる約束……その約束だけを信じてわっちは吉原を生きてきなんした。字もろくに書けないはずのあの人が、奉公先で覚えた字で手紙をくれたのを、わっちは胸に抱き……馬鹿な女と言われてもようござんす……その夜だけは、あの人がそばにいたような気がしなんして」

麝香の頬を涙が滑り落ちていく。

「華族のご令嬢にはこたあ気持ち、わからぬでござんしょう。たった一つの宝物を後生大事にするちっぽけな女の気持ちも、それをひったくられる気持ちも！　でも、わっちはそれがなくては生きていけなかった！　わっちにとってあの人はすべてでおりんした！」

麝香の独白。それは、少女の咲綾には、到底知り得ぬ世界だった。咲綾は、自身が貧しい家に生まれたと思っていた。瀬能との出会いも含めて、たくさん苦労をしたとも思っていた。

けれど──こんな風に、自分を偽《いつわ》らなければ生きていけないと思ったことは、咲綾にはまだなかった。

ふらふらとよろけながら麝香が続ける。

「だからわっち、神さまにお願いいたしんした。この祠《ほこら》は、わっちの姉女郎から聞いた女郎の守り神。本気で祈れば、女郎の願いでも聞いてくれると！」

笑いながら涙を流し、麝香は鬼気迫る目で石祠を指した。

「神さまは、姉《あね》さまの願いは叶えてはくださらなかった……でも、わっちの願いは叶えてくだしんした。だからの、咲綾殿。わっちはまだ、あの鬼の部隊の所に行くわけにはいきませんえ」

がさり、と音がする。

咲綾が慌ててあたりを見回す。瞬時に、辰砂の体が獰猛《どうもう》なものに変化した。

丸っこかった体は、それまでより一回り大きく逞《たくま》しくなった。閉じた口の隙間からは牙が覗き、地面に立てた足先には険しい爪が生える。

敵が近くにいるのだ。

「麝香さん、ここは危ないです。表通りに出ましょう。よくないものがいます」

咲綾が伸ばした腕を、麝香が跳ねのける。

思いがけない麝香の強さに、咲綾が一瞬ためらう。

その瞬間、何度も聞いた声が、咲綾の耳に届いた。

「咲綾、離れろ！　とり憑《つ》かれているのは麝香だ！」

瀬能の声だ。

「もう来なんしたか！　さ、神さま。子を孵《かえ》してくんなんし！」

麝香の背後に、六尺はある女が現れる。

「吉原なぞ、なくなってしまえ！」

麝香の叫びとともに、ひゅっと音を立てて、女が吐き出した白い糸が咲綾に迫る。

女の巨大な下半身は、おぞましいことに、蜘蛛《くも》の姿をしていた。

髪を伊達兵庫に結い打掛を纏《まと》った、まるで花魁そのものの絢爛《けんらん》たる上半身に、ぶっくりと膨れた蜘蛛の胴と八本の脚《あし》がうごめいている。

先ほど吐き出された糸がいましも咲綾に巻き付こうとした瞬間、辰砂の体が跳ねた。

赤い前足が大きく宙を払い、咲綾に向かう糸を次々と断ち切っていく。

その間に、呆然《ぼうぜん》としている咲綾を、瀬能が抱え戻した。

「瀬能さん、あれ、なに」

「あれは女郎蜘蛛《じょろうぐも》だ。吉原中に卵を生みつけて孵し、人々を殺そうとしている。揚羽を襲ったのも麝香の女郎蜘蛛だ。揚羽はもうすぐ年季が明けて、郷里で待つ男と結婚するらしい。妬んだのだろうな」

「そんな、麝香さんが」

「異形は人の暗い想念を糧《かて》にする。麝香の怨念《おんねん》はさぞうまかったのだろう」

困惑する咲綾に、瀬能は端的な説明をした。長く話す余裕はないと判断したのだ。

麝香がぎりぎりと歯を噛みしめる。

「お黙りなんし……わっちはこの街を滅ぼして……自由に……！」

「他人を殺す自由など許さん！」

瀬能が、腰の刀に手をかける。

女郎蜘蛛が再び口をすぼめ、息を吐いた。形だけはしとやかな唇から、しゅるしゅると幾条もの白い糸が生み出される。糸が絡みついた周囲の木は、茶色く立ち枯れていく。恐らく、咲綾たちの体に巻きついても同じ効果をもたらすだろう。

女郎蜘蛛の口元に力が入る。投擲《とうてき》された槍《やり》の速さと鋭さで、糸が瀬能たちを襲った。

ぐわあ、と辰砂が口を大きく開ける。

そこから、弧《こ》を描いて青い光が飛び出してくる。それはあっという間に半円の形をとり、円蓋《えんがい》となって咲綾を覆った。

女郎蜘蛛が咲綾に向けた糸ががちがちと青い円蓋に当たる。しかしそれは、円蓋に突き刺さることもなく、そのまま地面へと落ちていく。

咲綾は円蓋の中でただ目を見開いていた。

――なに？　辰砂はなにをしたの？

驚き、伸ばされた指は、硬い円蓋の壁に阻まれる。辰砂も咲綾の疑念に応えることなく、ただ「安心して」と言うように尻尾を揺らすだけだ。

咲綾が戸惑っていると、今度は、瀬能の刀が糸を両断した。

振り抜かれた刃の通り過ぎた後には、糸くずがはらはらと散っていく。

訓練だったこれまでとは違い、刀身は赤く炎に包まれている。瀬能の覚悟を示すようだ。

「もう遅うござんすよ！　子らが孵れば、この街はめちゃくちゃになりんす！　女の血で育った街が、女の一念で壊されるのも一興でござんしょう！」

あはははは！　と麝香が高らかに笑った。

「帝の部隊が来たのは計算違いでおりんしたが、たった一人でなにができんす！」

「一人ではない！」

上段に構えた刀をまた一振りし、瀬能が飛び交う糸を断つ。

「蜘蛛の子らは江木たちが処置している！　あとは私が女郎蜘蛛を倒すまで！」

「そたあこと、させるものか！」

ずん、と重い音を立てて、女郎蜘蛛の体が前に動いた。

八本の脚がさらに長く伸びる。

そのうちの一本が大きく持ちあがり、瀬能を叩こうとする。

「ちっ」

がつん、と音を立てて、瀬能が脚を刀で受け止めた。そのまま、刀を霞《かすみ》の型に構え直す。

刀が纏う炎が大きくなるが、不思議なことにそれは女郎蜘蛛に火をつけることはない。

女郎蜘蛛の脚が上から瀬能に押しかかる。それを防ぐのに、瀬能の腕に力が入った。そのまま瀬能は腕を持ち上げ、女郎蜘蛛の脚を斬り落とす。

ギギギィ！　と女郎蜘蛛の口が呻《うめ》きをあげた。

だが、呻きとは裏腹に、次の脚がすぐに瀬能へと向けられる。今度は二本同時だ。

瀬能は刀を横にしてそれを薙《な》ぎ払う。そして、そのままバランスを崩した脚に斬りかかっていく。

脚を相手にしていることでできた下半身の隙を狙い、女郎蜘蛛の糸が瀬能の足元へ襲いくる。瀬能は一瞬行動を迷うが、辰砂がそこに駆け寄り、大きく開けた口で糸を引きちぎった。そして、ケン！　と一声吠える。異形を祓《はら》う辰砂の鳴き声で、糸のまき散らされる速度が落ちる。瀬能がそんな辰砂を確認し、わずかに口角を上げた。

「手助けしてくれるのか」

瀬能の問いに、辰砂がまた糸を嚙みちぎることで応じる。

麝香には辰砂が見えないが、女郎蜘蛛には辰砂が見えるようだ。辰砂にも瀬能にも、五月雨《さみだれ》の如《ごと》く白い糸が降りしきる。

瀬能の刀は糸を打ち払い、辰砂は牙と爪で糸に応じた。

咲綾はその様を、円蓋の内側からもどかしい思いで見ていた。

――今の自分はただの足手まといだ。瀬能は自分を隊員だと言って服まで揃えてくれたのに、こんな大事なところでなにもできないなんて、辰砂に守られてるだけなんて……！

しかし、咲綾を守れたことで安心しているのだろう。辰砂は振り返りもせず、糸を切ることに専念している。瀬能もまた、時に手元が見えないほどの剣さばきで次々に糸を断ち斬っていた。

だが、いくら糸を斬りはらっても、女郎蜘蛛は無限に糸を吐き出し続けるだけだ。

「これではきりがないな。辰砂、私は本体に斬り込む。その間、糸を防いでくれ」

瀬能の言葉を聞いて、咲綾が小さく口を開けた。

その時、麝香はどうなるのか。

甘い考えかもしれないが、彼女の悲痛な胸の内を思えば、咲綾はなにも言えない気がするのだ。

「辰砂？　なにをためらっている？」

咲綾と心が通じ合っている辰砂は、咲綾の躊躇《ちゅうちょ》もその身に映す。

「女郎蜘蛛はそのままにはできぬ。いずれ、あの娘も食い殺される」

「それは本当？」

咲綾が思わず円蓋の中から尋ねた。

それでは、あまりに無惨《むざん》だ。

神さまに祈り、それに応えてもらったと信じている麝香……咲綾には理解できないほどの深い情念を抱えてきた麝香……なのに、こんなところで終わってしまうなんて。

「ああ。異形は異形だ。想念を吸い尽くせばもう人間に用はない」

「じゃあ、瀬能さんは麝香さんをどうするの？」

「無傷で捕らえ、人の裁きを受けさせる」

淋漓《りんり》と散る女郎蜘蛛の糸をことごとく斬り捨てながら、瀬能はそう言う。

無傷――青葉も口にしていた言葉だ。

ならば。

きりりと咲綾が面《おもて》を上げる。

そこには、咲綾らしい意志のきらめきが、はっきりと形をとっていた。

「お願い、辰砂、麝香さんを助けて！」

咲綾がした選択だった。

死なせないための戦いならば、いくらでもしてみせる。

怖いのは怯《ひる》むことだ。

怯むことで、助けられるはずの人を助けられないことだ。

ケーン……！　と辰砂が大きく吠えた。糸の速度が、ひときわゆっくりになる。

そして、辰砂は瀬能の前に立ち、素早く動きながら、降り注ぐ糸を次々に噛みちぎっていく。牙で足りないものは鋭い爪が迎え撃った。

「よし、辰砂！」

瀬能が舞い散る糸の中をまっすぐ進む。斬り損ねた糸が服に細かい傷を作るが、瀬能は気にしない。

しなやかな素早さで瀬能は女郎蜘蛛に近づき――剛毛に覆われた女郎蜘蛛の下半身に、刀を突き立てた。

女郎蜘蛛の巨体がぐらぐらと揺れた。

そのまま、下半身から刀を抜いた瀬能が、大きく刀身を振りかぶる。

「散れ！」

燃え盛る刃は、女郎蜘蛛の蜘蛛と人間の境目を斬り分け、真っ二つにした。

聞いたこともない悲鳴と一緒に、二つに分かれた女郎蜘蛛の体がずん、と地面に倒れる。

「ああ、神さま、神さま、いやあ……！」

麝香が女郎蜘蛛の上半身に追いすがる。

すると、最後の口づけをするように、女郎蜘蛛はその口から糸を吐き出した。

麝香の顔に無造作に赤い線が刻まれ……あっという間に血が噴き出し始める。

「神……さま？」

まるで赤子のように無垢《むく》な口調で問いかけると、ゆらりと、麝香が地面に突っ伏した。

「っ……！」

瀬能が駆け寄り、その体を抱き起こす。

麝香は、薄れゆく意識の中で、鬼と思っていた人間に自分は助けられているのだと、ぼんやりと考えていた。

「麝香さん……どうなったのかしら……」

咲綾が、自室で辰砂の背を撫でながら独りごつ。

麝香は、瀬能の応急手当てを受け、駆け付けた医師とともに吉原を去った。

麝香の望みの一つは、皮肉にも自身の敗北によって叶えられたのだ。

吉原のそこここに産み付けられた蜘蛛の卵も、親である女郎蜘蛛が倒されたことで消滅し、すでに孵っていたものも、青葉たちの活躍で住民に害をなすことはなかった。

あれから数日。咲綾はいつものように、瀬能の家で家事をこなして暮らしている。

もともと、特殊な因縁で異形対策部隊の隊員となった咲綾だ。瀬能たちのように、毎日屯所に顔を出すわけではない。

加えて、瀬能は多弁ではない。

麝香の行く末など口には出さなかったし、咲綾も聞くことができなかった。

だって。

咲綾は胸の中で声をあげる。

わたしは今も、あの選択が正しかったか、自信がないもの。

本当に大切なものを、わたしは奪われたことがない。誰かを引き換えにしてもいいという、焼けつく想いもまだ知らない。お父さん、弘樹、辰砂、みんなを盾《たて》にされたら、何度でも瀬能さんを選ぶわ。

でも、麝香さんは違っていた。

なにを踏みにじっても貫《つらぬ》きたい想いを持っていた。

それが正しいものかどうかは、わたしにはわからないわ。いいえ。きっと正しくはないのでしょう。

けど——わたしは知ったの。

わたしの手にある「好き」とは、全然違う種類の「好き」がこの世にはある。

とてもわがままで、だけど強いもの。

「辰砂……わたしもわかるときが来るかな……」

世界と引き換えにしてもいい、大切な人のこと。

辰砂が咲綾の手に背を寄せる。

咲綾を見上げる金色の目が、ちかりとまたたいた。そして、心配そうにコンと鳴く。

「心配してくれるの？　わたしは大丈夫よ。血を見たときはびっくりしたけど、もう平気。心配なのは麝香さんのことよ。瀬能さんはなにも言わないし、青葉さんたちもあの後ここには来ない……」

咲綾の指が、つややかな辰砂の毛並みを梳《す》く。

「瀬能さんに聞いても……いいかしら」

おずおずと口から出た声を聞き、辰砂がぴょこんと立ち上がる。そして、咲綾の袖を口で引っ張った。

今日は休日だ。瀬能もどこにも行く予定はないと、ずっと自室にいるはずだ。

「わ、聞けって言ってるの？　わかった、わかったわ。そんなに引っ張らなくてもちゃんと聞きに行くわ」

辰砂につられて、咲綾が立ち上がる。

「強引ね。ほら、行くわよ」

障子《しょうじ》を開け、廊下を進んでいく。咲綾が毎日ぬか袋で磨いたことで、ぴかぴかになった廊下だ。

しばらく歩き、咲綾は瀬能の部屋の前に立つ。

「瀬能さん、入ってもいい？」

「かまわん。なんだ」

低い声で返され、咲綾が障子を開ける。

瀬能は座卓の前に座り、愛刀の手入れをしていた。

刀身に打ち粉を振る瀬能の前に咲綾が座り、気になっていたことを聞く。

「麝香さんはどうなったの？」

「急に、なんだ。麝香は軍の病院に入院した。命に別状はない。傷が癒《い》え次第、裁きが始まる」

「重い罪になる？」

麝香に恐ろしい目に遭《あ》わされたのは確かだ。それでも、その内心を知ってしまえば、咲綾は麝香を憎むことができなかった。

「それは司法省次第だ」

「そう……」

「だが、例の伯爵がそうとう汚い手を使ったのはすでにわかっている。その点は加味されるだろうな。伯爵も子爵か男爵か……降爵は間違いないだろう。きみにはわからないかもしれないが、華族としては最大の恥だ。一家も絶えるかもしれぬな」

淡々と言いながら、瀬能は打ち粉を拭紙《ぬぐいがみ》で拭い始める。

咲綾が目を伏せた。

名誉がなければ家が絶える？　瀬能の言う通り、咲綾にはわからない世界だ。

「それでも伯爵は麝香に執着していて、華族同方会《どうほうかい》から我らの恥を誅《ちゅう》すべしと意見が上がっていたが……卑怯《ひきょう》なことに、伯爵は入院した麝香の顔を見て逃げ出した」

「え……？」

「きみも見ただろう。麝香は顔を切り刻まれた。あの傷は残るそうだ」

咲綾が息を呑む。

確かに、あの時の麝香の顔は傷だらけだった。

でも、そんな。

咲綾の沈黙をどう取ったのか、瀬能が息をつく。

「無様な男だ」

「じゃ、麝香さんは？」

絶望したのではないか。また恨みを募らせてしまうのではないか。咲綾はとても心配だった。

あれだけの美しさだったのだ。失ってしまう痛みはどれほどだろう。

「大事ない。麝香なら――」

瀬能が、拭紙で拭い終えた刀身を光に当てながら、その先を咲綾に告げるために、ゆっくりと口を開いた。

◇◇◇

『麝香、話は聞いたよ。俺のせいで、すまなかった』

枕元に立つ幼馴染みの視線から逃れるように、麝香がベッドの上で身をよじる。

『見ないで、見ないでくだしんす。麝香は死んでしまいんした。こたあ顔になって……もう、わっちは……』

『そうだ。麝香は死んだ』

容赦《ようしゃ》のない言葉を与えられ、麝香は包帯の下で涙を浮かべた。

しかし、そのあとに幼馴染みが口にしたのは、思いがけない言葉だった。

『今、生きているのは俺の幼馴染みの文子《ふみこ》だ。俺のかみさんになる人だよ』

『でも、こたあひどい顔……廓もわっちを見放しんした。その上、今では悪事をなさんして、お上の裁きを待つ身でありんす……』

幼馴染みはにっこりと笑った。

かつて、将来を約束しあった時と同じ表情だった。

『姿かたちじゃない。俺はおまえを愛したんだ。待ってるよ。おまえが罪を償《つぐな》って帰ってくるのを、俺はずっと待ってる』

四章　あやかし乙女と旦那さま

「先日の吉原《よしわら》での戦いはご苦労だった。特に、蜘蛛《くも》の子が孵《かえ》るのを未然に防いだ青葉《あおば》、物部《もののべ》、江木《えぎ》に対する帝《みかど》のお喜びはことのほかだ。適切な手段がとられなければ、民衆への被害は大きなものになっていたに違いない」

屯所《とんしょ》のソファに腰を下ろした瀬能《せのう》が告げる。いつもと同じく、雪の結晶をちりばめたような、麗《うるわ》しいが冷たい声だ。

同じソファセットの下座に腰を下ろした青葉たちが、それを真剣な面持《おもも》ちで聞いている。

「今日集まってもらったのはほかでもない、物部、江木」

「はい」

瀬能に名を呼ばれ、物部と江木が姿勢を正した。

「女郎蜘蛛《じょろうぐも》の生まれた祠《ほこら》を、二人で調べた結果が出たそうだな」

「左様です」

思い思いにうなずく物部たちに、瀬能が先を促《うなが》す。

「話してみろ」

「かしこまりました。では、私から。それと、咲綾《さあや》さんと辰砂《しんしゃ》さんのことで気になる点をお話ししてもよろしいでしょうか」

物部が瀬能に尋《たず》ねる。

こういったときの説明役は、たいてい物部だ。物腰柔らかで根気強い彼は、人に説明をするのも巧みだった。

瀬能はソファに背を預けたまま、首を縦に振った。

「かまわん」

「では。──あの祠は、麝香《じゃこう》の供述通り、元は遊女たちが祈りを捧げる場所でした。祭神は稲荷《いなり》、ご一新の際にほかの稲荷とともに吉原神社に合祀《ごうし》されたようです。しかし、魂《たましい》抜きが十分ではなかった」

「ええと、祠に神の一部が残ってしまったんです。欠けた神は身の置き所を探して荒ぶり、自身を忘れてしまう」

思わず語り出した江木のために言葉を切った物部が、穏やかな口調で尋ねる。

「そのあたりは江木のほうが専門家だね。私の代わりに話をするかい？」

「いや、俺は口下手だから……」

江木が、複雑な笑いを浮かべながら、鼻の頭をかく。ひたすらに神に向き合ってきた江木神社の跡取りは、人と話すことは不得意だと自認していた。

「そうだね、物部が嫌でなければ、俺は時々口を挟ませてもらえばと思うよ」

「了解」

江木の返答に、物部が軽く手を振って応じる。気障《きざ》な仕草も絵になるのは、眠たげな影と、それと反比例する鋭さを併《あわ》せ持つ双眸《そうぼう》のせいか。

「では、隊長、続けます。——江木の言う通り、神は欠けてしまった。そこで野干《やかん》に堕《お》ちればまだよかったんです。そうすれば、狐という形は保っていられた。しかし、神はそれすらも忘れてしまった」

ふむ、と瀬能が脚《あし》を組みなおす。ついで、話題への興味を上半身を前のめりにすることで表した。

動きにつられて、瀬能の漆黒《しっこく》の髪がさらりと白いひたいの上を動く。その髪を上品にかき上げ、瀬能は先を促した。

「続けろ」

「そうして、自我のない力だけが祠には残されました。そのままなら、次第に消えていったかもしれません。実際、祠に残る力は一度ひどく薄れています。麝香の姉女郎の願いが叶わなかったというのも道理です」

「質問！」

それまで、神妙な表情で話を聞いていた青葉が勢いよく右手を挙げる。ほかの面々よりずっと背が低い分、まるで尋ね事をする生徒だ。

「なんですか、青葉」

「姉女郎の願いは叶わなかったのに、なんで麝香の願いは叶ったの？」

「麝香も、願いが叶ったわけではありませんよ。ですね、隊長」

呼びかけられ、瀬能が物部の声に応《こた》える。

「ああ。麝香の願いに、たまたま女郎蜘蛛の目的が一致しただけだ。それくらいは私にも言える。麝香の願いは吉原の壊滅だったからな。目に映るものすべてを滅ぼそうとする異形と利害が嚙《か》み合った。麝香の願いが商売繁盛《はんじょう》なら、こんなはずではなかったと臍《ほぞ》を嚙んでいたところだろう」

「えー、麝香は関係ないの？」

青葉が、「わかんない」と言わんばかりに質問を繰り返した。

青葉家は瀬能たちの家のように、霊的な守護をこの国に施すことを生業《なりわい》にしてきた家ではない。同じ異形の話をしていても、細かい部分が通じないときがあるのだ。

「関係なくはありません。……なんと言えばわかりやすいかな……異形が人々の暗い想念を吸って大きくなり、実体化するのは青葉にもわかりますね？」

「うん」

「あの祠には、自分が誰なのか忘れてしまった力が渦巻いていました。その時点ではまだ、祠にいるものは神ではありませんが、異形でもありません。ですが、麝香が恨みの一念を吹き込み続けることで、『力』は悪へと傾いてしまったんです」

「じゃあ、麝香が異形を呼び出したってこと？」

「近いですが、少し違います。ですね、江木」

「物部の言う通り。麝香の念が祠を黒く染めたのは間違いない。だけど、麝香以外に、満ちた力の最後のたがを外し、自分に都合のいい形にして解き放った人物がいる。稲荷が堕ちたのなら、普通は稲荷の異形が生まれるはずだ。女郎蜘蛛じゃない」

「その人物については、江木神社で霊力分析をしてもらっています。人であれば膨大な霊力の持ち主ですし、それ以外なら……強大な敵です」

「餅《もち》は餅屋。神さまのことなら任せてよ」

江木が分厚い胸板を叩く。そして、彼が得意とする晴れやかな笑みを浮かべた。

物部がそれを見て肩をすくめる。

「物部家も餅屋ですが、今回は、元は稲荷神の祠だったとはっきりわかっているので江木家に譲りました。まあ、それはそれとして、です」

真顔に戻った物部が、教師めいた仕草でこめかみの横に人差し指を立てる。

「以上、我々にできるのは、江木神社の回答を待つことと、市中に怪しい人物がうろついているのを覚悟して任務にあたることです。いかがでしょうか、隊長」

「承知した。街場を警戒する警察各所にも言い渡しておく。御所《ごしょ》の警備も強めさせる」

瀬能は物部たちの意見に満足したのだろう。鷹揚《おうよう》に顎《あご》を引いて応じた。

物部と江木が顔を見合わせ、満ち足りた笑みを浮かべる。

「恐れ入ります。次に咲綾さんと辰砂さんのことを。これは、私の個人的な意見です。咲綾さんがこれからも隊員としてご活躍される際の留意点としてお聞きください。辰砂さんは隊長以外に、異形にもその姿が確認できるようです。では、辰砂さんは異形なのか？」

物部が瞳に真剣な色を映す。

彼の中で、それは重要な議題だった。人ならざる力を持つものを異形として狩ってきた部隊の隊員として、定義付けがなければ据わりの悪いものだったのだ。

「それは違うでしょう。ならばなんなのか？　咲綾さんは、私たちと初めて出会ったあの夜、辰砂さんを神さまと呼びました。しかも、隊長のお話によると辰砂さんは咲綾さんの意を汲《く》んで動いているそうです。ですので、辰砂さんは神というより神使《しんし》というべきものではないかと。私たちには辰砂さんの姿も声も定かでないので、断言はできませんが……」

「それで、なにか不都合が？」

少しばかり不機嫌な声で瀬能に尋ねられ、物部が慌《あわ》てて手を目の前で振った。

「不都合はありません。ただ、神使ならばどちらからいらしているのか、咲綾さんの言うことをどの程度聞くのかなど、この先、多少は考えておいたほうがよいかと」

「役に立つのならばなんでもいいだろう。神だろうが、神使だろうが、動いていれば殺せる。逆らっても我々の脅威《きょうい》にはなり得ない」

「そういった意味では……」

物部の視線が、床と瀬能の間をちらちらとさまよう。

どうやら物部は、瀬能の変化を甘く見積もりすぎたようだ。相変わらず、瀬能からは冷え切った風が吹きつけてくる。

「そうか？　ならば話はここまでだ」

瀬能が、冷たく言い放った。

屯所の中の室温が一気に下がったのは、きっと、気のせいではない。

◇◇◇

「くしゅん！」

咲綾が大きなくしゃみをした。

つられたように、辰砂も「ぇくち！　ぇくち！」と可愛《かわい》らしいくしゃみをする。

「大丈夫？　辰砂。あなたも風邪を引くの？」

咲綾に尋ねられ、辰砂が首を横に振った。

「そう、ならよかった。わたしも大丈夫よ。急に鼻がむずむずしただけ」

――今日の咲綾は、食料の買い出しに街まで出ていた。

藤蔓《ふじづる》で編《あ》まれた買い物かごを片手にぶら下げ、辰砂と二人、日当たりのいい道を歩いていく。

ゆっくり歩いても、咲綾の足なら商店街までは十分もかからない。

やっと開けてきた郊外にある商店街は、銀座《ぎんざ》や両国《りょうごく》のような大きな繁華街には及びもつかないが、二人暮らしの家庭を支えるには充分な物資があった。そもそも、咲綾は贅沢《ぜいたく》を知らない。八百屋《やおや》と豆腐屋、あとはたまの楽しみのための和菓子屋があれば、それで満足だったのだ。

「吉原では、あなたも大変だったから、無理しないでね」

もっふん！　と辰砂がうなずく。

「あの時の瀬能さんはすごかったわね。やっぱり隊長さんなんだって、改めて思ったわ」

咲綾が胸のあたりに手を当ててると、きゅう……と心細げに辰砂が鳴いた。

「違うわ。怖いわけじゃないの。それは確かに、大きな蜘蛛のお化けに襲われたときはどうしようかと思ったわ。でも、あなたがいるから」

歩きながら、咲綾の指先が辰砂へと伸びる。

「瀬能さんたちとの訓練の時みたいに、きっと助けてくれるって信じてたの。それに、麝香さんはとても気の毒だったし……わたしだって、麝香さんみたいになれば、同じように考えたかもしれない。好きなだけではどうにもならないことがあるのが、わたし、わかったのよ」

咲綾が出したのは、どこか寂しそうな声だった。

これまで、咲綾の世界はとても単純な感情に満ちていた。家族が好き。近くにいたい。辰砂と一緒。簡単に言葉にできて、簡単に割り切れる感情だ。

けれど、麝香と話をして、世界はそれだけではないと知ってしまったのだ。

「難しいわね。なんだかわたし、いっぺんに歳《とし》をとった気がするわ」

ふわん、と辰砂が耳を寝かせた。

そうですね、と咲綾の発言を肯定するようにも、お気の毒に、と慰めているようにも見えた。

「まあ、歳をとるのは悪いことじゃないわ。分別がつくもの」

咲綾が、少ししぼんでしまった自分の心に活《かつ》を入れる。

こんなことで負けてはいられない。瀬能たちとの生活はまだまだ続くはずなのだ。

「一応、わたしだって隊員でしょう？　なのに今回は辰砂に頼り切りだったじゃない？自分はあの青いのの中にずっといただけだし……これじゃ駄目だって、わたしも、もっと役に立たなきゃって、あの時、心から思ったの」

そう言いながら、咲綾が細い腕で力こぶを作ってみせる。

「冷たい顔をしてるけど、瀬能さんは約束を守って、きちんとお父さんたちの面倒を見てくれてるもの。お父さん、今度は海辺のサナトリウムに行くんですって。潮風は肺にいいから、きっと元気になるわ。弘樹《ひろき》が一人なのは心配だったけど、寄宿舎付きの学校に入れることになったし……わたしたち、長屋にいたころより恵まれてるのよ」

そう。咲綾にとっては悔しいことだが、拉致《らち》同然の結婚を受け入れてからのほうが、ずっと、自分も家族も周囲の環境がいいのだ。

父と弟の境遇は言うまでもなく、咲綾も、辰砂が異形対策部隊に見つかることに怯《おび》えながら、塗りの禿《は》げた草履《ぞうり》と擦《す》り切れた着物を着て働かなくてもいい。

帝の組織した部隊の一員なのだから身の回りも綺麗《きれい》にしておけ、と瀬能に命じられ、咲綾は着物や小物をすっかり新調することになった。瀬能がくれた桃色の友禅《ゆうぜん》以外の着物も、今では桐簞笥《きりだんす》に仕舞われている。

なにより、辰砂の存在を隠さなくてもよくなったのが大きい。辰砂と話をしていても、瀬能やその周囲の人間は自然に受け入れてくれる。

それどころか、瀬能には辰砂が見える。

辰砂の仕草や表情を、瀬能とは共有することができるのだ。

このことは、咲綾の心を安らげた。

間違いなく、辰砂はここにいるのだと胸を張れるのも嬉《うれ》しかった。

咲綾が、目を細めて辰砂を見下ろす。

咲綾の弾む感情を察知したのか、辰砂のもこもこの尻尾がぷわぷわと左右に揺れる。

「そうね。次は、もっとたくさん役に立ちたいわね。あなただけじゃなく、わたしも。

――これからも、よろしくお願いします、辰砂」

咲綾がいたずらっぽく一礼すると、辰砂の尻尾の動きが大きくなった。

「ありがとう。そうだ、今日の夕ご飯はお揚げにしましょうか。お揚げを人参《にんじん》と牛蒡《ごぼう》と一緒に甘辛く煮て……辰砂の分は煮る前に取り分けておくから安心して。それに、ちょっと奮発してキンキの一夜干しをつけましょう。たまにはアジ以外も瀬能さんに食べさせなくちゃ」

献立《こんだて》を考えながら歩を進める咲綾の脛《すね》に、辰砂の鼻先が触れる。

「なに？　辰砂」

つんつん、とかすかに湿りけのある鼻先が、咲綾を促すように再びこすりつけられる。こちらを向いて、と意図《いと》している行動だ。

「なにかあるの？」

咲綾が辰砂の示したほうへと目をやる。

さらりと咲綾の黒い前髪が動いた。

その視線の先に捕まえたのは、華奢《きゃしゃ》な一人の少女だ。道端にかがみこみ、草をむしって遊んでいる。

年齢は咲綾よりずっと下だろう。

つやのある栗《くり》色の長い髪を、白い幅広のカチューシャでまとめている。

色素の薄い皮膚《ひふ》と頬《ほお》の桃色が綺麗だ。ころんとした瞳が小動物のようで愛らしい。全体的に、上品に整った顔立ちの少女だった。

服装は、黒いビロード地に白い丸襟《まるえり》のすとんとしたワンピース。ふんわりと膨らんだ袖《そで》が、全体が白黒で飾り気のない意匠にハイカラさを添えている。足元を彩るメリージェーンパンプスは、この国に入ってきたばかりだ。

ワンピースの生地の上質さと、爪先《つまさき》まで最先端の流行を取り入れられる柔軟さは、少女の属する階級の豊かさを思わせた。

「こんにちは、お姉さん」

視線に気づいたのか、少女が立ち上がり、咲綾に挨拶《あいさつ》をする。

「こんにちは」

咲綾は少し戸惑いながら、それを受けた。

「辰砂、あの子になにか用があるの？」

少女には聞こえないようにひそやかに、咲綾が辰砂に尋ねる。辰砂はコン、と短く鳴いた。そこで、辰砂の尻尾の毛が逆立っていることに咲綾が気づく。

「もしかして、あの子、あなたが必要なの……？」

これまでも、黒い影を付けて歩いている人などとすれ違う時に、辰砂が同じような反応することがあった。そんな時は、それを祓《はら》うことでお金も稼いでいた。咲綾はそれを便宜《べんぎ》上に「穢《けが》れ」と呼んでいた。

でも、今ならわかる。あれも弱い異形だったのだ。

「異形が憑《つ》いてるとか……？」

辰砂がもう一度コンと鳴く。

「そうなのね。じゃあ、話をしてみましょう。もしあなたの言うことが本当なら、瀬能さんたちに紹介すればいいもの。わたしだって役に立つところがあるの、見せるの」

辰砂の尻尾がぴんと立つ。

咲綾に賛成しているのだろう。

「よし、行くわよ」

買い物かごを握る手に力を込めながら、咲綾が少女に近づく。

少女が怯えないよう、できる限りの微笑《ほほえ》みを浮かべて。

「あの、はじめまして。こんにちは。あなたのお名前は？」

「……姫《ひめ》」

「姫ちゃんて名前なのね。少し聞いてもいい？」

「いいわ」

姫がうなずく。

こうして向かい合うと、姫の身長は咲綾の胸あたりまでしかない。だが、その割に受け答えの声はしっかりしている。

「急にごめんね。姫ちゃん、おうちで困ったことが起きていない？」

「困ったこと？」

「お父さんが寝込んでしまうとか、誰かが怪我をするとか。お日さまが明るいのに、お部屋に暗いところができてしまうのもそうね」

咲綾が、できるだけ子供にもわかりやすい形で、黒い影を付けている人が身近にいたら起きることを述べていく。

これまで咲綾が祓った人々も、そんなことを口にしていた。

逆に言えば、それ以上の被害なら、とうに瀬能たちが捕捉《ほそく》していたはずだ。恐らく、姫の家に巣食うのは、異形であるかただの不運であるか曖昧《あいまい》な程度の弱いものだろう。

む、と姫が唇を動かし、前に突き出す。

なにごとか考えている表情だった。

「どうかな、もし姫ちゃんにわかりづらければ、おうちの人に聞いてもらって……」

姫には難しい質問だったのかと、咲綾が気遣う。

「ううん」

姫が首を振った。

「困ったことはたくさんよ。お姉さんの言う通り、お父さまは寝付いてらして、お母さまは足首をひねったわ」

「そうなの⁉」

「お父さまのお部屋の隅《すみ》に黒い影が染みついて、動かないの。姫がそこをどいてって頼んでも、影は動かないわ。おまえたちみんな殺してやるって言うのよ。でも、姫にしか見えないから、誰も信じてくれないの……」

姫が、悲しげに目を伏せた。

長いまつげが頬に影を落とす。

うららかな春の日差しが、姫の上だけ翳《かげ》った。

「なんてこと……！」

咲綾が思わず自分の胸を叩き、そのままこぶしを押し当てる。

瀬能に会うまで、自分にしか見えない辰砂とともに過ごしてきた咲綾は、姫の言うことが他人事《ひとごと》とは思えなかった。

どんなに親しい人間でも、同じものが見えないというのはもどかしい。

それでも、咲綾には辰砂がいた。

黒い影程度なら、鳴き声一つで簡単に辰砂が祓ってくれた。

けれど、姫は——。

「お姉さんはあれが見えるの？」

姫に聞き返され、咲綾が「ええ」と答える。

「姫の言うこと、嘘《うそ》だと思わない？」

「思わないわ」

咲綾は姫を抱きしめたい気持ちでいっぱいだった。こんなに小さな子が、自分の発言を嘘だと疑われるのを恐れるなんて。なんて悲しいことだろう。

「大変だったわね。お姉さんの……ええと、わたしの……」

瀬能のことをなんと言い表そうか考え、咲綾が言いよどむ。

それを、姫が不思議そうな顔で見ていた。辰砂も、きょとんと咲綾を眺めている。

「……わたしの、お友達を呼びましょう」

瀬能は、咲綾の中でひとまず友達の位置に収まったらしい。

納得したのか、辰砂がコンと鳴いた。

「お姉さんのお友達？」

「そう。そういう悪いものをやっつけてくれる、専門の人たちがいるの。呼んでくるわ」

「お姉さんはできないの？　姫、すぐがいい。もう待つのはいや」

姫が、下を向いていやいやと足踏みをする。

左右に揺れる栗色の髪の隙間《すきま》から覗《のぞ》く姫の顔は、今にも泣きそうだ。

「姫ちゃん……」

咲綾が口ごもる。

咲綾には、姫の気持ちもわかる気がする。

やっと、自分の言うことをわかってくれる人に会えた。

やっと、自分の困りごとを信じてくれる人に会えた。

ならば、心も逸《はや》るだろう。

――でも、どうすればいいの？

困惑している咲綾の感情を表すように、辰砂が細くケーン……と鳴き声を出す。

「もう、いい。お姉さんも姫の言うこと、嘘だと思ってるのよ。みんなと同じで、おかしいのは姫の頭だって思ってるのよ」

顔を上げた姫の頬を、涙がつたった。

「嘘なんか、ついてないのに……！」

姫の目尻から、絶え間なく涙はこぼれ落ちていく。

幼い少女にこんなことを言わせてしまったのがつらくて、咲綾は姫を無意識のうちに抱きしめていた。

「ごめんね、姫ちゃん！」

「なんでお姉さんが謝るの？」

「姫ちゃんにひどいことを言わせてしまったから。嘘だなんて思ってないわ。ええと、姫ちゃんの家にいるのは黒い影なのね？」

「うん」

「それだけ？　お化けの形をしてるのはいない？」

「いない。お部屋の隅に煙みたいに黒くもやもやしてるだけ……どうして声を出せるのかわからないけど、お口も、お鼻もない」

「そう……」

咲綾が、ちらりと辰砂を見やった。

黒い影なら、辰砂は簡単に祓えるはずだ。

「……わかったわ、姫ちゃん。お姉さんが姫ちゃんの家に行く。今からすぐに。黒い影だけなら、お姉さんでもなんとかできるはずだから」

すうっと息を吸い込み、咲綾が深く吐き出す。

そして、いつもの屈託のない笑みを姫に向けた。

「大丈夫よ。お姉さんは姫ちゃんを信じてる。悪いものを祓って、姫ちゃんのお父さんたちにも元気になってもらおうね」

「ありがとう！」

姫が、咲綾の体を抱き返す。

そこには、子どもらしい無邪気な喜びがあふれていた。

くん、と辰砂の口が咲綾の着物の裾《すそ》をつまんで引く。いいのですか、と引き止めるような仕草だ。

それに咲綾は、姫に見えないように手を振って応える。

「いいの……影ならあなたはなんとかできるでしょう？」

姫の耳に入れないために、うんと音量を落とした声で、咲綾は辰砂に囁《ささや》いた。

「それに――」

わたしだって、一人でもなにかができるって瀬能さんに認めてもらいたい。

影を祓って、姫ちゃんの家の異形を倒せば、瀬能さんだってわたしのこと、きっともっと頼りにしてくれるはず。

吉原でしてもらったみたいに、守られているだけなのは申し訳ないわ。あの時も、わたしは辰砂に庇《かば》ってもらっただけ。瀬能さんが女郎蜘蛛を倒してくれただけ。こんなの、不《ふ》甲斐《がい》ない。お父さんたちを助けてくれたお礼も込めて、わたしは今より瀬能さんたちの役に立てるって知ってもらいたいの。

それは、咲綾の矜持《きょうじ》だった。

これまで咲綾は、病弱な父の代わりに家計を支えてきたと自負していた。弘樹の母親役も務めてきた。なのに突然、瀬能にすべてを解決され、あまつさえ公爵夫人にまでなった。

だが、そういった恩恵は、咲綾が自力で手に入れたものではない。瀬能の名ばかりの妻になるのと引き換えに、なにもかも、瀬能のてのひらから気まぐれに降りそそいだものだ。

せめてこれくらい、と家事を担当しているけれど、そんなものでは瀬能から受けたものを到底返し得ないことは咲綾はわかっている。

――だったら、返せるようになればいい。

そう咲綾は考えたのだ。ただ施されるのは、咲綾の性に合わなかった。

辰砂が心配そうに咲綾を見上げるが、姫が気づいてはいけないと、咲綾はそれ以上を言葉にしない。その代わりに、ついてきて、と目配せする。

「姫ちゃん、家まで案内してくれる？」

「うん！」

嬉しそうに笑った姫が、咲綾の体から腕を放し、横に並んだ。

そして、小さな手で咲綾の手をとり、ぎゅっと握る。

そのほのかな温かさは、咲綾に弘樹を思い出させた。

絶対にこの期待を裏切りたくない。そんな少女らしい意地も湧き上がる。

姫が、咲綾の半歩先に立ち、とことこと歩き始めた。

「お姉さん、こっちよ。この道をしばらくまっすぐ行くの」

「わかったわ。ね、姫ちゃんのお家には、今誰がいるの？」

「お父さまとお母さま。どうして？」

「突然わたしが行ったらびっくりするかもしれないでしょう。姫ちゃんとは今日初めて会ったんだもの」

「大丈夫よ。お姉さんは姫のお友達だってご紹介するわ。お父さまとお母さまも絶対に歓迎してくれるの」

「友達……嬉しいわ、ありがとう」

「お姉さんこそ、ありがとう。姫の話を信じてくれて」

姫が小さな歯を日に光らせながらはにかみ、咲綾を見上げた。

大人びた言葉遣いに隠された姫の幼さに触れた気がして、咲綾の胸はきゅっと引き絞られる。

やっぱり、このやり方を選んでよかった。

こんな風に自分に対して希望を抱いてもらえるのは、弘樹と別れて以来だ。

辰砂はその力でいつも咲綾を助けてくれたし——名目上の夫である瀬能は、無言で咲綾の前に立つだけだ。咲綾を妻にしていても、咲綾自身を求めることはない。咲綾以外の娘に託宣が下されれば、すぐにそちらを娶《めと》り直すだろう。

そう考えると、咲綾はほのかに胸が痛む。

特別とか、大切とか、そんな言葉でくくる関係に憧《あこが》れないわけではない。

少なくとも、未来を誓い合う人とは他とは違う二人でいたかった。

「どうしたの、お姉さん」

姫にいぶかしげに尋ねられ、咲綾がはっと顔を上げる。

「ちょっと考え事をしてただけ。今日の夕ご飯はなににしようかな、とか」

後半は嘘だった。

でも、咲綾を悩ませていることは、年下の姫に初対面で言えることでもない。

「姫はもう決めたわ」

「お夕飯？　なにに決めたの？」

「ないしょ」

姫がいたずらっぽく笑った。大きな瞳が弧《こ》を描き、幼い顔立ちがさらに幼くなる。

「それよりお姉さん、ここを曲がるのよ」

姫が咲綾の手を引く。

まっすぐ進めば商店街に続く道だ。

その本道を逸《そ》れ、姫は右へ向かう道へと咲綾を案内しようとする。

「ここ？」

随分《ずいぶん》細い道だった。

もともとは広い道だったようだ。その名残《なごり》は、踏み固められた硬い地面に残っている。

しかし、今ではそこに左右から背の高い雑草が生い茂り、道の幅を狭めていた。

五尺あるかないかの道幅は、咲綾と姫が二人並んで歩くのもやっとだ。

「この先に、姫ちゃんのお家があるの？」

上質な洋服をモダンに着こなしている姫と、葉が踏みしめられて草のにおいが立ち昇りそうな荒れた道は結び付かない。

子供のいたずらだろうか。でも、辰砂は間違えないはず……。咲綾がそう首をひねった時、姫が悲しげな目で咲綾を見上げた。

「あるわよ。お父さまができないから手入れが行き届いていないけど。こんな道でごめんなさい」

「――っ、いいのよ！」

思わず、咲綾は大声で姫に応じてしまう。

「お父さんが病気だと大変よね。自分の身の回りを綺麗にしてるだけでも、姫ちゃんは偉いわ」

「ありがとう」

姫が、破顔しながら咲綾の手を引く。咲綾も今度はその手に素直に従った。

父親が働けない心細さなら咲綾にもわかるつもりだ。

姫の服装を整えているのはきっと母親なのだろう。子どもにはできるだけ不安な思いをさせないよう、身なりだけはいつもと同じく気を配っているに違いない。

そう想像すれば、咲綾の胸には姫の境遇が迫ってくる気がした。

なんとしてでも、姫を助けようという思いも。

「ほら、ここよ」

しばらくそのまま歩いたあと、姫が立ち止まって一か所を指さす。

「わあ……すごい……」

咲綾が感嘆の声をあげた。

見上げれば先端が空と一体化するほどの高さの松が、一定の間隔をもってまっすぐに屋敷の周りに植えられている。

その松は悠々《ゆうゆう》と枝を伸ばし、松葉を絡み合わせ、屋敷を外から隔てる壁となっていた。生垣《いけがき》というにはあまりにも高すぎる威容を見せるそれは、築地松《ついじまつ》だ。

築地松は防風に役立ち、刈った枝が燃料にもなる。その上、屋敷周りに威厳を出すこともできると、出雲《いずも》地方では豪農の家によく使われた。

帝都ではほとんど見ない方式なので、恐らくこの家の主人は出雲地方の出なのだろう。

初めての風景に驚いている咲綾を横目に、姫の腕が自分の目の高さほどある木戸をえいやっと開ける。

築地松の見事さに圧倒され小さく見えた家だが、中に入ればそんなことはない。

入って右手に土蔵、左手に作業小屋らしきものがある広い庭の奥には、うずくまる亀《かめ》のようにどっしりと横長の母屋《おもや》が建てられていた。平屋の屋根はよく刈り込まれた茅《かや》ぶきだ。

「こっちが玄関」

そんなことを言いながら、つるべ井戸の横を抜け、姫が咲綾の手を引いて歩いていく。

庭だけで数十坪はある上に、小屋根をつけた玄関も六間《けん》はあった。

母屋の奥にちらりと見える別棟は牛小屋の屋根だろうか。使用人の寝床だろうか。

どちらにしても、めったにない大農家の家だ。

「お姉さん、入って」

黒光りする玄関の板戸を横に開き、姫が手招きをする。

初めて見た築地松にまだ目を奪われていた咲綾が、慌ててそれに従った。

――だから咲綾は気がつかない。

荒れ果てた道とは正反対に、築地松にはわずかの乱れもない異様さに。

その奥の家では、広い縁側が磨き上げられ、ぬめるほど光っていた矛盾《むじゅん》に。

咲綾が家の中に入っていくと、青々と茂っていた松葉がさらさらと崩れていく。

姫が押し開けた木戸は朽ち、土蔵の壁は崩れ……母屋もまた、屋根の茅の隙間から伸びた草が突き出しているひどい有様へと変わる。

手入れの行き届いていた農家は、今や、無惨《むざん》な廃屋へと姿を変えていた。


げほっと咲綾が咳《せ》き込む。

おかしい。

先ほどまで澄んでいた空気に、黴《かび》と土のにおいが漂い始めた。

人が住んでいる家ではしないにおい。ゆるやかに死んでいく家のにおいだ。

大人でも数人横に並んで歩けるほど広い廊下には、真っ白く埃《ほこり》が積もっている。しばらく、ここを誰も歩いていないのではないかと思うほどの量だ。

いくら人手がないといっても、この状況は普通ではない。

「お姉さん、どうしたの？」

「ちょっと喉《のど》が……姫ちゃん、お父さんたちはどこ？」

咲綾の手を引いて廊下を歩いていた姫が、振り向き、少し笑う。

「咲綾はせっかちね」

「ごめんなさい。でも、気になって……あれ、どうして姫ちゃんはわたしの名前を知ってるの？」

「咲綾はえらいわ。名前は簡単に教えちゃ駄目なのよ。悪いものに目をつけられてしまう」

咲綾の質問には答えず、姫は応接間の前を抜け、雇人《やといにん》だまりの前も抜け、その先に居並ぶ何枚もの襖《ふすま》のうちの一枚を開けた。襖には、髭《ひげ》の長い仙人が岩の上に立つ絵が描かれている。唐《とう》の国の絵巻風だ。

姫は、長い廊下の果てのその部屋にたどり着くまで、一切迷わなかった。

「姫ちゃん……？」

不可解な姫の言葉に咲綾が首をかしげた。

姫は積もっている埃にもかまわず、ずかずかと歩き、部屋の中に入っていく。

襖の奥に広がっていたのは、二十畳以上はある畳《たたみ》敷きの広間だ。咲綾は、こんなに広い部屋を見るのは初めてだった。

部屋の天井近くには大きな神棚が備えられ——神棚のしめ縄は、内側から引きちぎられていた。

咲綾と繋《つな》いでいた姫の手に力がこもる。

「でも、もう遅いの。……ここは姫の家。怪物姫《かいぶつひめ》の家よ」

「なんですって!?」

咲綾は、様子のおかしな姫から離れようとするが、姫の手がそれを許さない。

姫がニイィと口の端を上げる。これまでとは違う邪悪な笑みだった。

そして、その唇がなにかを言おうとした時——。

咲綾を離さずにいた姫の手に、ぐるるると唸《うな》りながら辰砂が飛び掛かった。

辰砂は、先ほどまでとは違い、毛を逆立たせ、口から牙を剝《む》き出しにしていた。女郎蜘蛛と戦ったときと同じ姿だ。

「いたっ。なによ、おまえなんか。ここまで来なきゃ、姫の正体もわからなかったくせに！」

辰砂に噛みつかれた腕を振り回しながら、姫が咲綾と辰砂を睨《にら》みつける。

姫の手から解放された咲綾は、反射的に一歩下がり、姫と距離を置いた。

姫に振り払われた辰砂が、咲綾を庇うようにその前に立つ。

「姫ちゃん、辰砂が見えるの!?」

「見えるわよ。真っ赤な色をした咲綾の狐。ずーっとついてきて、姫のこと変な目で見て、大嫌い」

いーっと姫が歯を剥き出しにした。

「姫ちゃん、あなたは何者なの!?」

「姫は怪物姫。最初のお父さまが出雲から連れてきたのよ。最初のお父さまは姫をあそこに住まわせて」

姫が、ちらりと神棚を見やる。

「姫を大切にしてくれたの。姫はお父さまたちに力を貸してきたわ。供《そな》えられた人間を食べて、代わりにこの家を豊かにしたのよ。人間をもぐもぐする姫に驚いて、お父さまは改めて姫に怪物って名前をくれたわ。姫は神さまだったけど、お父さまがくれた名前が気に入ったから、それからずっと怪物姫よ。でも、とうとう最後のお父さまも死んでしまった。

姫はおなかをすかせたわ。食べ物がなくて飢《う》えたわ。そのうち気がついたのよ。姫がここから出て人間を狩ればいいんだって！」

姫の頭上で、ちぎれたしめ縄がゆらりと揺れる。

姫が、それに気づいて楽しげな笑いを広間に響かせた。

「あの縄さえなんとかすればあとは簡単だったわ。姫は自由になったのよ」

「嘘でしょう？　姫ちゃんも異形なの？」

「異形？　しーらない」

姫の口が裂けるほど吊り上がった。

「それからね、姫ちゃんなんて呼ばないで。お父さまがくれた姫の名前は、怪物姫よ」

風もないのに、姫の髪が舞い上がる。

変色した畳も、部屋に残されていた花瓶《かびん》も、宙に浮かんだ。

「街で一目見てから、姫はずっと咲綾に夢中よ。蜘蛛のお化けを大きくするのなんかより、咲綾を探すほうがずっとずっと楽しかったわ。おまえを食べれば、姫はもっと強くなれるもの。さっき、夕飯はもう決めたって言ったでしょ。姫の今日の夕ご飯は咲綾よ」

「嘘……嘘よ……」

咲綾は繰り返す。

目の前で起きていることが信じられなかった。

自分は、瀬能たちのように姫を助けたかっただけだ。少しだけでも、自分の強さを見せたかっただけだ。

ああ、でも――そんな驕《おご》ったことを考えたから、こうして報《むく》いを受けているの？

泣きたくなる思いを噛みしめて、咲綾はそれでもなんとかその場から動こうとした。

すり足で後じさり、開け放されたままの襖へと近づく。

早く、瀬能さんたちに知らせなくちゃ。

早く、早く。

「逃がさないわよ」

姫の言葉とともに、開け放たれていた襖がひとりでに閉まった。

「本当に甘い娘ね、咲綾は。助けを求めたら姫を疑わずにのこのこついて来た。全部嘘なのに！　おまえの狐も馬鹿《ばか》よ！　姫に気づかないなんて！　姫のかくれんぼの腕は一流ね！」

キャーハハハハ……と姫が甲高い哄笑《こうしょう》をあげる。

「だから死ね！」

姫が勢いよく咲綾を指さした。

宙に浮いていた畳や花瓶が、風切り音を立て、勢いよく咲綾に襲い掛かる。

それを見て、だんっと辰砂の足が床を踏みしめた。

そのまま辰砂の体が跳ねあがる。

助走をつけた辰砂は、畳や花瓶を次々と前足で叩き落としていく。

「なまいき。むかつく。狐のくせに」

姫が顔を歪めた。可愛らしく透き通っていた黒い瞳は、今では爛々《らんらん》と黄色く輝いている。

瞬間、なんの前触れもなく辰砂が大きく口を開け、そこからまたあの赤い光を発した。

屋内で見る光は、瀬能と一緒に庭で見た時よりもっと鮮やかで激しい。咲綾も辰砂の後ろにいなければ、目を開けていられなかっただろう。

姫は、その光とともに、辰砂の口から飛び出した棘《とげ》の直撃を受けた。

「いやぁっ」

姫が、小さな手で棘に打たれた胸元を覆《おお》う。姫の意識が、一瞬だが咲綾たちから逸れる。

すると、固く閉ざされていた襖に隙間ができた。

咲綾がちらりとそちらを見やる。

強張《こわば》っていた咲綾の顔に、わずかに希望が浮かんだ。

「辰砂、ここから逃げましょう」

小声で、咲綾が辰砂に囁きかける。

戦闘経験のない咲綾にも、このままでは自分たちの分が悪いことはわかった。

辰砂は強いが、咲綾を庇いながらでは、到底全力は出せない。

コン、と辰砂が了承の鳴き声をあげる。

咲綾は、予期しなかった恐怖に頬を青ざめさせながら、体を反転させた。

姫は、この家に入るまでは本性を見せなかった。

ならば、再び外に出ることで、その力を削ぐことができるに違いない。そして、ここは瀬能の家にも近い。瀬能は、今日の昼は帰ってくると言っていた。だから、家まで帰れば。

瀬能がいなくても、屯所に行けば。

咲綾の頭の中を、脈絡のない思考が飛び飛びに行き交う。

襖まではほんの数歩。

簡単にたどり着ける距離のはずだ。

襖の隙間からは埃っぽい廊下が見える。

あと一歩踏み出せば――。

「逃がさないって言ったでしょ」

どすっと音を立てて、重い空気の塊《かたまり》が咲綾の耳元を通り抜けた。

壁が大きくたわむ。

振り返る咲綾の目に、勝ち誇って笑う姫が映る。

絶望する咲綾の背後から、再び襖が閉まる音が聞こえた。

「死ねよ！　死になさいよ！　姫の夕ご飯になれ！」

圧縮された空気が、リズミカルに姫の指先から放たれた。

だだだだっと咲綾の周囲の壁に穴が開く。

風圧を浴びて、咲綾が肩をすくませた。なんとか進もうとした足ももつれ、膝《ひざ》から床に倒れ込んでしまう。そのまま咲綾が頭上を見上げる。

これまで辰砂の爪も牙も、様々なものを断ち切ってきた。髑髏《どくろ》の靄《もや》、女郎蜘蛛の糸、でも、まったく形のないものを断ち切ることはできるのか？

咲綾の脳裏をよぎるのはそんなことだ。

それでなくても青白い咲綾の頬が、さらに白くなる。

不可能なのではないか、と考えてしまったからだ。

姫はケラケラと上機嫌に笑い転げている。

「おしまい、おしまい」

半ば歌声になりかけた声でそう告げ、姫が右腕をすいと頭上へと持ち上げた。

「さようなら！」

ぴんと立ち上がった姫の人差し指の先から、放射状に透明な帯が幾条も伸びた。

それは、ヒュンと風を巻き込み、咲綾を切り裂こうとする。

咲綾が目を閉じた。


――だが、覚悟していた痛みは一向に訪れない。


怪訝《けげん》に思った咲綾が目を開ける。

そして、悲鳴をあげた。

「辰砂!!」

倒れた咲綾の体を庇っていたのは辰砂だった。ふかふかとした毛皮が咲綾を覆う。

空気の帯は、辰砂の全身でせき止められていた。

「生意気な狐。おまえはいらないのに。姫が欲しいのは咲綾よ」

姫がもう一度指先を掲げる。

そこに集まった空気の渦が放たれる瞬間……辰砂は姫に向かって数歩前に踏み出し……

咲綾の周りは、吉原と同じく、青く光る円蓋《えんがい》にぐるりと囲まれていた。

それと同時に、辰砂の体がへたりと床に崩れ落ちた。

「辰砂！　これ、また……!?」

咲綾にぶつかるはずだった空気の流れは、円蓋の壁にはじかれ散り散りになる。

だが、咲綾にとってそれより重要なのは辰砂だった。

その辰砂は円蓋の外で横倒しになり、床に寝そべるような体勢をとったままだ。

咲綾は、青い円蓋の内側から壁を叩くが、それはびくともしない。

倒れた辰砂に駆け寄りたくても、咲綾は円蓋から出ることができないのだ。

「辰砂、これ、消して。あなたを助けたいの！」

咲綾が呼びかけると、緩慢な動きで辰砂は首を横に振った。姫から受けた打撃が大きいのか、いつもの鳴き声を出すこともない。

「嫌な狐。姫の術を受け止めて、こんな防壁まで作ったのね」

姫がゆっくりと咲綾たちに近づく。

そして、大きく目を見開いて笑顔を作った。白目の中にただの点となった瞳孔が浮かぶ、おぞましい笑い方だ。

「でも、こーんな壁出したって無駄よ」

青い円蓋に姫がてのひらを当てる。伸びた爪が、ぎしぎしと円蓋の壁に食い込んだ。

「壊してあげる。殺してあげる。最前列でせいぜい怯えてればいい！」

「隊長、咲綾さんは」

「いない」

車に乗り込みながら、瀬能が物部に答える。

瀬能宅の前の道だ。

異形対策部隊の公用車を待たせて自宅に戻っていた瀬能は、首をかしげながら家から出てきていた。

「妙だな。あれは律儀で、私が昼に帰ると言えば必ず昼食を用意している娘だ」

「それで、春臣《はるおみ》さんはわざわざ家に寄ったんだもんね。ご飯いらないって言うためにさ」

青葉にからかわれても、瀬能は表情を崩すことはない。

「食事を無駄にするのはよくないことだ」

「正論強い。……じゃあ咲綾は、どこにいるんだろ」

「咲綾さんも乙女だから、カフェーでお茶でも喫《きっ》しているんじゃないかな」

助手席に座っている江木に言われ、後部座席に座り直した瀬能が眉を寄せる。

「その程度の小遣いなら持たせているが、このあたりにそんな浮かれたものはない」

「まあ、辰砂がついてるなら大丈夫じゃない？　女郎蜘蛛とも戦ったんでしょ？」

「ああ。辰砂は強い。しかし、万能の生き物ではない。青葉、あまり当てにするなよ」

「わかってるって」

動き出した車の中で、青葉が口を尖らせる。

「今日は天気もいいから、咲綾さんは辰砂さんと散歩などされているのかもしれませんね」

「……物部、咲綾のことはもういい。それより、今から向かう場所のことを復唱しろ」

「かしこまりました。女郎蜘蛛の祠の霊力残滓《ざんし》から、江木神社はある神の力の破片を検知しました。出雲の神、神産巣日《かみむすび》です。ただし、検知されたのは、正しくないあり方でした。神産巣日は本来、生産し、分け与える強大な母神……その『分け与える』役目の一部を誰かが無理やりちぎり取り、名前を忘れさせ、人に仕えさせた」

「とてもいけないことだよ。神々から名前を奪えば、それはただの暴走する力だ。その上、今回は強引に魂分けされているから、もう神産巣日といってもいいかあやしい。たぶん、有象無象の異形になり果てているだろうね」

「それが、吉原の女郎蜘蛛にも力を分け与えた。自己を忘れた神が街中をさまよっていたと考えると、背筋が寒くなりますよ……」

物部が、右手をハンドルに添えたまま、左手でにじみ出るひたいの汗を拭く。そして、先を続けた。

「で、江木神社の結果を受けて、私たちは出雲出身の富豪について調べました。神産巣日を出雲から帝都に持ち込んだ者を探したんです。そうしたら大当たり。三代前に出雲から出て、一代で財を成した豪農がいました。その家の主人たちは、『我が家には姫君がいる』と酔っては語っていたそうです」

「神産巣日は農業神の側面も持つから……」

江木が、深くため息をつく。神を奉《たてまつ》り、祭祀《さいし》を行うことを生業《なりわい》としてきた彼には、それは信じられない蛮行《ばんこう》だった。

「あれ、でも、その家って今どうなってるの？　異形のいた家がわかったから急いで行こうって屯所から物部に引きずり出されたから、まだ聞いてないや。住人とかいるの？」

青葉が穏やかでない言葉を差し挟みながら物部に聞く。

「引きずり出すなんて人聞きが悪い。――もう、その家には誰もいませんよ」

「いない？　なんとかって神さまのおかげで大金持ちになったんじゃないの？」

「なりました。ですが」

物部の爪先が、穏やかにアクセルを踏み込んだ。彼は、まだ広く知れ渡ってはいない乗用車の運転技術に卓越している。今も、車内の人間には気づかせず、速度を一段上げた。

「大いなる贈り物には大いなる犠牲が伴《ともな》う。恐らく、繁栄の報いを受けたのでしょう。その家は一家断絶しています。三代目にして、滅んだんです」

「ふうん」

感慨深げな物部とは反対に、青葉はなんでもない顔をしていた。

「よくわかんないや。僕は忌《い》み子《ご》だったから、みんなみたいに由緒正しい教育は受けてないし」

「由緒来歴の問題ではない。青葉、おまえはもう少し物事に真剣に向き合え。人の話も真面目に聞け。江木たちに復唱させたのも、半分はおまえに聞かせるためだぞ」

「僕が不真面目みたいに言わないで」

「事実、不真面目だろう」

「……物部、もっと速度を上げて！　その家にさっさと着いて、春臣さんに僕のいいとこ見せるよ！」

「耳元で怒鳴らないでください！　これ以上速度も上げられません！」

青葉の大声に対抗して、物部も声の音量を上げる。

「くだらん言い争いはやめろ。異形に堕ちたといっても、敵は神産巣日の一部であることは間違いない。青葉はきちんと雷撃を充填《じゅうてん》しておけ」

瀬能に言われ、青葉が不服さをあらわにしながらも、「はーい」と返事をした。

車は、異形の待ち受けるはずの家へと急いでいく。

咲綾が、危機に陥《おちい》っている家へ。


「この壁、なかなか壊れないわね。いらつく」

姫が、咲綾を守る円蓋へとこぶしを叩きつける。

華奢《きゃしゃ》で優美な指先を握りこんだこぶしは、その優美さとは正反対に重い音を立てて円蓋の壁へと食い込んだ。

姫は、先ほどからずっと、円蓋を壊すことに熱中していた。

咲綾はその円蓋の内側で震えている。

青く光る透明な円蓋は、すっぽりと咲綾を覆っている。そのせいで、姫は咲綾に触れられないが、咲綾がそこから出ることもかなわない。

唯一の打開策は辰砂だろう。しかし、今の辰砂は力尽き、円蓋の外側で力なく横たわっている。

だが、その咲綾にもわかることがある。

この円蓋には限界がある。そして、それは近づいている。

その証拠に、姫が殴りつけるたび、はらはらと円蓋の表面ははがれ、床に落ちていく。

「姫、こういう地味なこと嫌いなのよね……全力、出しちゃえ」

そう言いながら、姫が今度はてのひらを壁に向けた。

そこから発せられる空気の塊がだん、だん、だん、と壁にぶつけられる。

ぴしり、と円蓋にひびが入った。

ヒッと声をあげた咲綾が、横たわる辰砂に手を伸ばす。触れられないとわかっていても、できるだけ近くまで行けるように。

おしまいなら、最後までそばにいたい。

もう、咲綾にあるのはそれだけだった。

「いい感じ。それにしても強い壁ね。姫の全力でも我慢できるんだ。狐、けっこう強いじゃない。咲綾を殺したら次に殺してあげるわ」

姫がてのひらを円蓋に向かって構え直す。

「もういっかい！」

ふたたび、空気の塊が円蓋の壁にぶつけられた。

ビシ、ビシ、と円蓋の表面のひびが増えていく。
それは網目のようにくまなく円蓋の上を走り……ついに、円蓋は砕けた。
キラキラと、青く光る粒子が空気の中に溶けていく。
咲綾と姫を隔てていた壁は、なくなってしまった。
決意の強さを眼差《まなざ》しに秘め、咲綾が唇を噛む。
すべては自分のせいだ。
だから、泣いたり哀願したり、そんなことはしたくなかった。
「やったぁ！」
姫がぴょんぴょんと跳ねながら喜びをあらわにする。
「じゃあ死ね！」
華奢な腕が、咲綾に向けられた。
咲綾は静かに目を閉じる。
ごめんね、辰砂。わたしのせいで、あなたまで巻き込んでしまった――。
姫が指先を咲綾に突きつける。
膨れ上がる空気の渦。時間が止まったような瞬間……。
やっと、わたしも誰かを助けられると思ったのに。

騙《だま》されて、本当に馬鹿ね。

伏せられたまつげの下に隠された悲しみが、咲綾の瞼《まぶた》を彩る。

自分がいなくなっても、弟は学校を退学にならないだろうか。父は海辺のサナトリウムで療養を続けることができるだろうか。……瀬能は、たまには自分を思い出してくれるだろうか。

わたし、すべて台無しにしてしまったわ。ならせめて、最後くらい……。

「咲綾！」

はじめ、咲綾はその声が幻だと思った。

聞きたい声が聞こえるほど、追い詰められたのだとも。

「青葉、あれは異形だ！　撃て！」

しかし、声はそのあとも続く。

「了解！　吹っ飛べ！」

……幻ではないの……？

恐る恐る咲綾が目を開けると、姫の体がはるか先の部屋の隅に吹き飛んでいくのが見えた。

「こんなところでなにをしている!?」

それと同時に、瀬能が自分を覗き込んでいるのも。

「あ、瀬能さん、あの、ごめんなさい。わたし、え、でも、なんで」

安堵《あんど》や疑問やいろいろなものが心のなかでごちゃ混ぜになり、咲綾はうまく言葉を発することができない。

戦場に慣れている瀬能は、咲綾のそんな状態を察したのか「落ち着け」と声をかけてから、かがみ込んで咲綾に目線を合わせる。

「混乱しているようだな。詳しい事情はあとから聞く。私たちはあの異形を倒しに来た」

「姫ちゃんを？」

「自ら姫と名乗っているのか。母神だから女の姿の異形になったとはいえ、おこがましい」

瀬能が苦々しげに吐き捨てる。そして、ふと気づいたかのように、床に倒れている辰砂のひたいに手をやった。

「霊力が枯渇《こかつ》している。きみを守ろうと、相当奮戦したのではないか？」

「瀬能さん、辰砂、死んじゃう？」

「死にはしない。時間がたてば元に戻る。だが、しばらくは身動きも難しいはずだ。――物部」

「はい」

瀬能のそばに控えていた物部が、真剣な顔で応じる。

「咲綾の周りに結界を張れ。辰砂も彼女も貴重な戦力だ。傷つけるわけにはいかない」

物部が首肯すると、瀬能は腰の刀を抜いた。

刀身には、すでに赤い炎がともっている。

「異形め、許さんぞ」

全身から怒りを立ち昇らせた美丈夫が、ゆらりと一歩を踏み出す。

その姿は、美しいからこその恐ろしさに満ちていた。


「物部さん、ありがとうございます」

咲綾が物部に頭を下げる。

結界を張り終えた、と物部が告げたからだ。

物部は、咲綾たちの前で指先で印を切り、胸元から取り出した札を咲綾の頭上に掲げた。

札はすぐに透明になり、空気と一体化する。

咲綾は、それを呆気《あっけ》に取られて見ていた。

――物部の使う術は霊力を込めた札を媒介《ばいかい》にする。物部の霊力は、瀬能や青葉に比べればそれほどの強さはないが、それを札に込めて練り上げることで、様々な事象に対応できる。まさに「鬼札」を作ることができるのだ。この力で、彼は隊の中で大きな補助的な役割を担《にな》う。

しかし、これには弱点もある。霊力を練り上げるには時間がかかり、流麗《りゅうれい》な筆致で文字の書かれた札は一枚作るだけで数日を必要とする。そして札がなくなれば、物部は戦いに参加することがほとんどできなくなるのだ。

そのため、物部は陰陽師《おんみょうじ》としての物部家の業務以外に、札を作ることにも長い時間を割いていた。

「お気遣いなく。私の仕事ですから。では、そこから動かないでくださいね。……安心してください。すぐに隊長が迎えに来ますよ」

そう言って、物部は咲綾に微笑みかけた。

部屋の中では、絶え間なく物騒な音が響いている。

姫の手からは間断なく空気弾が打ち出されるが、江木はそれを紙一重で避け、姫にこぶしを浴びせようとする。しかし、あと少しのところで追加の空気弾が放たれ、江木はそれをまた避けることを余儀なくされる。せっかくの光るこぶしは、姫に有効な一打を与えられない。

瀬能の振るう刀もまた、同じだ。青葉の雷撃も姫本体への着弾は叶っていない。

しかし、三人の連携は見事だった。決定打は与えられないながらも、姫はじりじりと後退し、追い詰められていく。

咲綾がなにか言いたげにするのに、物部は人差し指を自分の唇に当てた。

「あなたが無事でいるのが、私たちのなによりの喜びです。それでは」

くるりときびすを返し、物部は戦いを繰り広げている瀬能たちのもとへと向かう。

広い部屋だ。

姫を隅に追い詰めた瀬能たちの所まで、数十歩。

いつもよりほんのわずかに速足で、物部は瀬能の横に参じた。

「隊長、私にできることは」

「術が厄介《やっかい》だ。江木の近接が役に立たん。封じられるか」

瀬能が、姫の指先から放たれる空気の弾を斬り捨てながら、物部に言う。

辰砂ですらうまく対応できなかった術だ。対応できる瀬能が規格外なだけなのだ。

「やってみましょう」

「青葉、物部の援護を」

「はい！」

瀬能の背後から雷撃を撃ち続けていた青葉が、物部の横に移動した。

そして、今度は小さな雷球をいくつも空中に出現させる。

姫の視線を少しでも攪乱《かくらん》させるためだ。

物部が、札を二枚取り出す。

目を閉じ、物部が小さくなにごとか口にする。すると、二枚の札が宙に浮いた。ひゅっと移動した札は、姫の両腕のあたりで止まり、そこにするすると巻き付く。

目を閉じたままの物部のひたいに青筋が浮かんだ。

歯が、ぎしりと噛み合わされる。ぬん、と気合がかけられた。

すると、ぎちりと札が姫の両腕に食い込む。

呼応するように、姫の周囲を光が激しく明滅した。

姫が、憎々しげに物部を見やる。

しかし、物部は動じない。

「これでいかがでしょう」

ただ、自分の成果を瀬能に伝えるだけだ。

「よし」

瀬能が、戦場にいるとは思えない優雅な仕草でうなずいた。

「じゃあ、隊長、俺が行きます！」

　これまで手をこまねいていた江木が、それを取り返そうとするのか、張り切った声で右腕を構える。そして、光るこぶしを大きく振りかぶった。

　江木のこぶしが姫の頭部を直撃する。姫の首が、勢いよく直角に折れ曲がった。

　通常の人間ならば即死する一撃だ。だが、姫の体はその場に立ったままだ。

　ぐいんと姫が首の位置を戻す。そして、かっと目を見開いた。

「な、なんなのよ、おまえたち、なんなのよ！」

　姫も江木に対抗しようとてのひらを広げるが、それまでそこから生み出されてきた空気の弾丸は、まったく形にならない。

　姫は何度も手を開閉し、なにも起きないことにさらに焦りの色を見せる。

　百年を超える年月を、神棚に祀《まつ》られてきた姫は、自身が不利になる事態など経験したことはなかった。

「我々は異形対策部隊……おまえの敵だ、異形」

　言いながら、瀬能が燃え盛る刀身を姫の首筋に突きつけた。

　術が使えないことに焦《じ》れた姫が、地団駄を踏む。

「黙れ馬鹿！　姫には怪物姫って名前があるの！　お父さまがつけてくれたんだから！」

「どうでもいい。どうせ貴様は名前通りの怪物だ。それより、なぜ女郎蜘蛛を解放した？

その理由だけ教えろ。そう命じた黒幕がいるのか？」

「いないわよ！　姫はこの世で一番えらいんだから、命令できる奴なんかいないの！　黒いぐにゃぐにゃを大きな蜘蛛にしたのは、面白いからよ！」

「面白い……？　たかがそんな理由で、女郎蜘蛛を？」

「そうよ。悪い？　あの蜘蛛が卵を生んで、みんなで街をめちゃくちゃにしたらすごく楽しいじゃない。人間がいっぱい死んで、胸がすっとするわ」

「……つくづく救えぬな。もういい」

名前を忘れた神はもはや神ではない。しかも、それが異形にまで堕ちてしまったら、かける情けはない。

瀬能が刀を振り上げる。細い姫の首など、一刀のもとに刎《は》ね飛ばすだろう。

だが、しかし。

「もういいって決めるのは姫よ」

刃は、姫の腕に阻《はば》まれた。

正確には、それまでの何十倍の太さに膨れ上がり、床に着くほど伸びた姫の腕に、だ。

姫の両肩からは、まるで嘘のように太く長い腕が生えていた。

姫の小さな顔と、血管と筋肉の筋が浮かび上がった巨大な両腕は、いびつでひどく醜《しゆう》悪《あく》だった。

「外に出せない分の力を内側に閉じ込めてみたの。姫、おりこうさんでしょ？」

刀を受け止めたまま、ごっと姫が腕を振る。

予想外の反撃を受け、瀬能の体が床に投げ出される。姫の腕の巨大さに見合う、すさまじい衝撃が瀬能を襲った。長身が畳の上を勢いよく吹き飛び、滑る。その摩擦の強さに、軍服が音を立てて裂ける。

そのまま、割れた花瓶の破片が散る中に瀬能の体が突っ込んだ。軍服の破れ目からあらわになってしまった肌にも、破片によっていくつもの傷がつけられる。

数秒の後、ぱくりと口を開けた傷口から、血が流れ始めた。そのせいで、黒い軍服もその下の白いシャツも赤く染まっていく。それだけではない。瀬能は畳に打ち付けられて切れた口内からも鮮血をしたたらせていた。

「危ない、春臣さん！」

異様な雰囲気に気づいた青葉が、姫に向かっていくつも雷球を放つ。

しかし、姫の増大した腕は雷球を軽々と叩き落としていく。

「くそっ……舐《な》めるなよ、異形！」

青葉が指先に霊力を思い切り充塡する。

術で対抗するすべがない今なら、姫を雷撃で葬《ほうむ》ることができるはずだ。

体勢を崩している瀬能を姫に襲わせないためにも、ここで最高の一撃を――！

バチバチと音を立て、巨大な雷球が青葉の指先から放たれる。瀬能の家の庭で見せた全力より、さらに大きい球だ。

「直撃ぃ！」

声を弾ませた青葉だが、すぐに凍りつく。

「痛いじゃない」

姫は、太い左腕で雷球を受けきっていた。雷撃が姫の腕を削り取ろうとするのも束の間、姫は雷球に肥大《ひだい》した右のこぶしをぶつけ、四散させてしまう。

「嘘だろ……」

全力を込めた雷球を放ったあとは、霊力を充塡し終わるまで次弾はない。今この瞬間、青葉はただの人間なのだ。

呆然《ぼうぜん》とする青葉に、姫が腕を伸ばす。

「ぱちぱちうるさいのよ。死んじゃえ」

「危ない、青葉！」

その間に割り込んだのが江木だった。

姫の大きくなったこぶしと、江木の光るこぶしが打ち合わされる。

姫が、わずかに足元をふらつかせた。

それを好機と見て、江木はさらにこぶしを打ち込む。

見事な乱打だった。光の尾を引いて、江木の左右のこぶしが力強く姫に降りそそいでいく。

「隊長、隙を見てとどめを！」

「応！」

瀬能が刀を手にすいと起き上がる。

姫から受けた痛みなど感じさせない、麗麗《れいれい》と澄み切った表情だった。軍服は破れ、体も血にまみれていたが、瀬能は目元にまで散った血をうっとうしそうに一度拭《ぬぐ》っただけだ。

乱れた髪がひたいに散り、ともすれば窮迫《きゆうはく》して見えるはずのその姿は、それでも侵しがたい強さに満ちている。

漆黒の瞳に、冷静ながらどこか熱い光が灯《とも》る。

瀬能がふたたび背筋を伸ばし、刀を構え直した。

その刹那《せつな》。

姫の手が、打ち付けられた江木の両のこぶしをつかむ。

江木はそのまま腕を振り抜こうとするが、姫の腕は揺るがない。それどころか、みちみちと粘土細工めいた動きで江木のこぶしを飲みこんでいく。

「ぐ……っ」

江木の口から呻《うめ》きが漏《も》れる。

姫の手に握りしめられ、江木のこぶしの骨は砕け始めていた。

「江木、大丈夫か！」

瀬能が姫の腕に切りかかるが、姫の腕は刀を弾いてしまう。だが、瀬能の斬撃によって、姫の意識を江木以外に向けさせることはできた。

姫は江木のこぶしから手を放す。

「もうそのおててては使えないね」

そう、にっこりと笑いながら。

「邪魔しないでよ。姫は咲綾が食べたいだけなの。咲綾を食べれば、姫はもっと強くなれるのよ。咲綾は変異種なんだから」

変異種という聞き慣れない言葉に疑念を抱きながら、それでも瀬能は刀を振るう。けれど、姫の太い腕に阻まれ、決定的な打撃を与えることができない。

「どいて！」

姫が大きく腕を振ると、瀬能の体が再び吹き飛ばされた。

そのまま姫は大きく跳躍する。太い腕の重さなど意にも介さない、軽やかな跳躍だ。

小柄な体はまっすぐに飛び、やすやすと咲綾の目の前に着地した。

「咲綾さん！」

それまで、物部は姫の左右の手の封印を維持するため、ひたすらに霊力を送り続けていた。姫の強い力が、ある程度は封じられていたのは物部の功績だ。

物部のひたいには汗の粒がいくつも浮かび上がっている。派手な動きをするわけではないが、これだけの術式となると体力の消耗《しょうもう》は大きい。物部は抜けそうになる膝に気合を入れながら、座敷に必死で立っていた。

そんな状態でも、物部はなんとか新しい札を取り出す。指先に構えられた札は、咲綾を助けるために次々と姫に向かって飛ばされた。

それは姫の肌をじゅっじゅっと焼くが、姫はそんなことは気にしていない。焦《こ》げるにおいを立てながら、咲綾へと太い指を伸ばす。

「こんな結界、すぐに破いてやる！」

姫の両手が、こじ開けるように結界を引き裂いていく。青い円蓋に対峙《たいじ》した時とは違う仕草だ。

咲綾には見えない隙間に指先をねじ込み、姫は手と手の間を広げていく。

「……ほーら！　開いた！」

「もう札がない！」

姫の勝ち誇る声と物部の絶望の声。

それは同時だった。

咲綾が目を大きく見開く。顎が下がり、開いた口からは、行き場のない吐息が漏れる。

これ以上の助けは来ないのだと、咲綾にもわかっていた。

諦念《ていねん》と恐怖のはざまを行き来する咲綾と目を合わせて、姫がにんまりと笑う。

「さあ、咲綾。姫においしく食べられてね」

そして、姫が、大きく腕を振りかぶった瞬間――……。

涼やかな声が、座敷に響いた。

「させるか！」

それとともに、姫と咲綾の間に、すらりとした長身がねじ込まれた。

彼が身に着けているのは、はだけられた軍服と、大きく裂け目のできたシャツ。血の赤が、その生地を無惨《むざん》に彩っている。

……瀬能だ。

中段に構えた刀に先ほどより小さくなった炎をまとわりつかせ、瀬能は姫へと宣言する。

「咲綾は私の妻だ！　貴様には渡さない！」

「うるさいわね。どうせその刀は姫には通じないのよ」

「それでもだ！」

刀を構えたまま引き絞る瀬能の声に、咲綾ははっと息を呑《の》んだ。

「いいの、瀬能さん。わたしを庇わないで。瀬能さんは政府の大事な人なんでしょう？　わたしはそうじゃない。わたしがいなくなったら、また次の奥さんを見つければいいわ」

「口を挟むな！」

そう咲綾を制したあと、瀬能が鋭い一撃を繰り出す。

とてつもない速さのそれで、瀬能は姫の体になんとか傷をつけようとした。

しかし、女郎蜘蛛の胴をあれほど簡単に両断した燃える剣は、姫の腕に遮《さえぎ》られ、体まで届かない。

瀬能が、姫の腕に当てた刃に力を込める。ぐぐぐ……と二人の間で、ぶつかり合った力が拮抗《きっこう》する。

だが、その刃は、ガキンと音を立てて姫の腕に振り払われてしまう。

「瀬能さん、もうやめて。わたしなんかどうなってもいいから」

「駄目だ！」

言いながら、瀬能は何度も斬撃を繰り返す。

姫の細いままの足や肩を狙おうとするが、腕に阻まれてうまくいかないのだ。

「うっとうしい」

鼻を鳴らした姫が、両腕を組み合わせて振り上げた。そのまま、二人の上に槌《つち》のように振り下ろすつもりだろう。

「瀬能さん!!　逃げて!!」

咲綾が悲鳴をあげる。後ろから瀬能に抱きつき、その体を逃がそうとする。すると、咲綾の指先が、傷ついてむきだしの瀬能の肌に触れた。

瞬間、光が咲綾の両腕に電流のように走った。

光はそのまま瀬能の全身を包み、咲綾と瀬能の姿はひととき、まばゆいほど明るく輝く。

閉ざされた部屋の中で放たれた光は、すさまじい速さで瀬能の刀の切っ先まで駆け上がっていく。それを受けて、弱まっていた刀身の炎も再び大きく燃えあがった。

「逃げるわけ、ないだろう!!」

強く言いながら、瀬能が咲綾の腕を振りほどき、上段に構えた刀を振り抜く。

素晴らしく洗練された動きだが、姫の腕には通じないはずだ。

姫も、それがわかっているのだろう。いやらしい笑みを浮かべて両腕を二人めがけて振り下ろし……。

「……あ、ら……？」

細い戸惑いの声をあげた。

「え、なにこれ……へん、よ……」

姫の体がかしぐ。

ちょうど、その華奢な体の正中を、燃える赤い線が走っていた。

瀬能が振り抜いた刀から、炎だけが姫に襲い掛かったのだ。

「あつい、ちからが、はいらないの」

姫がゆらゆらと体を揺らす。

赤い線だった炎は大きくなり、あっという間に姫の全身を包んだ。

「やだ、ひめ、つよくなって、もっとひとを、ころ……」

屋敷のどこに燃え移るわけでもない、「焼かない炎」なのは、瀬能の刀に宿っていた時と同じだった。例外は、姫の体を燃やしたことだけだ。

だが、松明《たいまつ》を思わせる勢いで燃え上がった炎も、すぐに小さくなる。

火が消え始めると、姫の体も、他の異形と同じく、細かな塵《ちり》になり果てていく。

あとになにも残さない。

どれだけ人間に近い姿をしていても、姫は忌《い》むべき異形だったと、それが証明していた。

咲綾は言葉もなく自らの両手を見ていた。さっきの光はなんだったのだろう？　わからない。わかるのは、また瀬能に助けてもらったということだけだ。

事態を見届けた物部が、その場でずるずると座り込む。もう膝が限界だった。限界なのは江木も同じだった。こらえていたこぶしの痛みが押し寄せてくる。ふー、ふーと規則正しく息をつき、痛みを逃がそうとするが、うまくいかない。青葉は、構えたままだった指先を静かに下ろした。そして、天井を見上げる。小さな唇から漏れるのは大きなため息だ。

瀬能はいつも通り冷ややかな視線で姫が消えるのを見送り、腰の鞘《さや》へと刀を戻す。肩の力を、わずかに抜いたようだった。

「咲綾」

瀬能の双眸が咲綾を捉《とら》えて何度もまばたく。

咲綾が無事だった。ただそれだけが瀬能の胸を刺す。安堵と、自分でも信じられないことに、喜びが瀬能の中をぐるぐるとかけめぐる。

咲綾の華奢な体が傷つかずにすんだことを確かめたい。いつも通り呼吸をしていることを確かめたい。

それは、瀬能がこれまで知らなかった想いだ。

その想いは奔流《ほんりゅう》となり、瀬能の体をつき動かす。

気がつけば、瀬能は自らの両腕で、咲綾を強く抱きしめていた。

「駄目なのか？」

「え？」

「きみを守りたい。私がそう思っては駄目なのか？」

瀬能の突然の行動に咲綾は驚きを抑えきれない。

なんで、どうして、わたしは、抱きしめられてるの？

瀬能の肩越しに、青葉がぽかんと口を開けているのが見えた。江木がこぶしをさすりながら微笑みを浮かべているのも、物部が座り込んだまま意味深な顔で手を振っているのも。

けれど、咲綾の困惑には気づくことなく、瀬能は訥々《とつとつ》と先を続ける。

「きみが危機に瀕《ひん》した時、体が勝手に動いていた。私は、きみが死ぬのだけは嫌だ」

そう告げると、咲綾を抱く瀬能の腕に力がこもる。

「きみが助かって、本当によかった」

耳もとでそう言われ、咲綾の心臓が跳ねあがった。

勝手に？

あの瀬能さんが、勝ち目のない戦いをわたしのためにしてくれたの……？

どきどきと脈がうるさくて、胸がきゅっと苦しくて、考えがまとまらない。

聞きたいことがいっぱい、知りたいことがいっぱい。

でも、そんなのより、今は嬉しくてたまらない。

――嬉しい？

どうして？

わたし、変だわ。

瀬能さんが仕事よりわたしを選ぶなんて、また守られてしまうなんて、いけないことのはずなのに。

そう思っても心が弾んでしまう。なにより、普段は冷たいことしか言わない瀬能さんの腕が、不思議なほどあたたかくて……。

弘樹を抱いて寝たのとは違う。お父さんに肩を抱かれたのとも全然違う。体の中からほんのりとぬくまっていく感じ。思い切って、わたしも瀬能さんに手を伸ばしてみたら……。

「私が言いたいことはそれだけだ。きみに怪我はないか」

いつも通りのひんやりした声で問われ、咲綾がぴゃっと背筋を伸ばした。

わたし、なんてことしようとしてたのかしら。瀬能さんを抱きしめ返してみたい、なんて。

狼狽《ろうばい》した咲綾は「ないわ」と答えるのが精いっぱいだった。

「そうか。重畳《ちょうじょう》。きみがどうしてこんなところにいたかは、あとでじっくりと聞かせてもらおう」

余韻《よいん》もなにもない動きで、瀬能の体が咲綾から離れていく。

「それは、いろいろあって、ごめんなさい。瀬能さんこそ、なんでここに?」

「説明は青葉たちの様子を見てからだ。いいな?」

「わかったわ」

「よし」

瀬能が青葉たちに向かって歩いていく。

青葉が瀬能に駆け寄った。なにごとか一生懸命に話しかけている。それをいなし、瀬能が江木の手を指さした。江木が両のこぶしを瀬能に向かって振ってみせる。「大丈夫です」と言っているのだろう。物部が瀬能に頭を下げた。封印が完全ではなかったのを謝っているのか、すまなそうな表情だ。

咲綾は床に座り直す。

姫の術が解けた今では、あれほど豪壮《ごうそう》に見えた邸宅も、ただの廃屋だった。けばだった畳が、ちくちくと手足に刺さる。

ふう、と咲綾が息をついた。

たくさんのことがあった。ありすぎた。

「辰砂、ねえ」

そう呼びかけようとして、大切な相棒はまだ意識を取り戻していないことを思い出す。

「守ってくれてありがとう」

聞こえてなくてもいい、それでも。と咲綾が辰砂の体をふんわりと抱きしめながら話しかける。

すると、長い舌がぺろんと咲綾の頰を舐めた。

「辰砂！　目を覚ましたのね！」

コン、と辰砂が鳴き声で答えた。まだ元気はないが、いつもの優しい金色の目で咲綾を見ている。

「よかった……」

咲綾の指が、辰砂の毛並みをかき分ける。

辰砂は気持ちよさそうにその動きに身を任せていた。

「また守ってくれてありがとう。わたしも、もっと強くならなきゃ」

咲綾の独白を聞いて、ふるふるっと辰砂が首を横に振る。

「こんな思いはもうたくさん。……でも、大切な人が目の前で傷つくのはもっと嫌なの」

辰砂の耳がぺそっと倒れる。言い出したら聞かない主人のことを、辰砂はよくわかっていた。

そこで咲綾が、なにごとかに気づいたかのように、はっと胸のあたりを叩いた。

「そうだ、瀬能さんたらね、おかしいのよ。急にわたしをぎゅっとしたの。でも、わたし、そうされたら胸が苦しくなって……病院に行ったほうがいいかしら?」

瀬能と似たようなことを言い出した主人の顔を見て、辰砂がくあっとあくびをする。

「ちょっと、辰砂、真面目に聞いてよ」

咲綾に両手で顔を揺さぶられたけれど、辰砂はそれに、またあくびをして応えた。

◇◇◇

「咲綾、茶の二杯目を」

あの屋敷での戦いが終わり、しばらくのち。

今日は休日だ。瀬能と咲綾は茶の間でのんびりと昼食後のお茶を飲んでいた。お揚げをもらった辰砂は、うつらうつらと縁側で船をこいでいる。

「はい。お菓子はいる？」

「いらん」

瀬能の突き出した空の湯呑《ゆの》みを手に取って——瀬能の指先と、咲綾の指先が触れる。あの時のように電流が走った気がして、咲綾は肩をぎゅっと上にあげた。

まただ。瀬能と目が合わせられない。

簡単なことのはずなのに、息が苦しくなる気がする。

「咲綾？」

「な、なんでもないわ。これ、おかわりのお茶」

「おかしな娘だな」

瀬能が怪訝そうな顔をするが、咲綾は下を向いたままだ。

「あの、瀬能さん」

「なんだ」

尋ね返されて、でも、咲綾はうまく言葉にできない。そもそも、瀬能に聞いたからといって、解決する問題でもない気がする。瀬能と触れ合うと、脈が速くなる理由なんて。

「ううん、ええと、あの、今日のお夕飯はアジの干物よ」

「悪くないな」

「僕はカツレツがいい」

「青葉さん!?」

縁側に目をやると、シャツに膝丈のズボンの軽装の青葉がそこにいた。いつものように、突然の来訪だ。

「咲綾、適度に油も摂《と》らないと早く老けるよ」

「大きなお世話です」

それでも、咲綾は青葉の分のお茶も淹《い》れてやる。

縁側に腰を下ろした青葉は、当然のような顔で湯吞みを受け取った。

「さっき江木んちに行ってきたけど、回復は順調だってさ。もう物も持てるって。僕、優しいから最新流行のショートケーキを差し入れてきた。ほら、ついでに咲綾にも」

「ありがとう」

青葉の手から熨斗《のし》のついた紙箱を受け取った咲綾がにこっと笑い、腰を上げる。

「おもたせで申し訳ないけど、いまお出しするわ。少し待っててね」

台所に用意をしに行った咲綾を見送り、青葉が大きく背伸びをする。

「物部もなんかめちゃくちゃ気合入れてるし……咲綾が知ると調子に乗るからいないところで言うけど、最後まで咲綾を守れなかったのが悔しかったらしいよ。お父上とも協力して、札の強化を頑張るってさ」

「咲綾は調子に乗る娘ではない」

「あー！　本当そういうところ！」

瀬能に当然だとばかりに言われ、青葉ががしがしと頭をかきむしる。

その大声で目を覚ました辰砂が尻尾を呑気《のんき》に揺り動かす。青空に、辰砂の朱色が沁《し》みた。

※この作品はフィクションです。実在の人物・団体・事件などにはいっさい関係ありません。

集英社オレンジ文庫をお買い上げいただき、ありがとうございます。
ご意見・ご感想をお待ちしております。

● あて先
〒101-8050　東京都千代田区一ツ橋2-5-10
集英社オレンジ文庫編集部 気付
七沢ゆきの先生

あやかし乙女のご縁組
〜神託から始まる契約結婚〜

集英社
オレンジ文庫

2024年11月24日　第1刷発行

著　者　七沢ゆきの
発行者　今井孝昭
発行所　株式会社集英社
〒101-8050東京都千代田区一ツ橋2-5-10
電話【編集部】03-3230-6352
【読者係】03-3230-6080
【販売部】03-3230-6393（書店専用）
印刷所　TOPPAN株式会社

ISBN 978-4-08-680588-9 C0193

集英社オレンジ文庫

喜咲冬子

捨てられた皇后は暴君を許さない

～かくも愛しき蟠《ばん》桃《とう》～

初夜にすら顔を見せない暴君の皇帝に
代わって政務をこなす皇后・白瓊。
突然無実の罪で寺院に追放されるが、
人が変わったような皇帝が迎えにきて!?

後白河安寿

あやかし姫のかしまし入内《エンゲージ》

あやかしと人間の諍いを鎮めるため、
陰陽師でもある帝・日向と
あやかし姫の毬藻が政略結婚!!
だが百鬼夜行で輿入れしたり、
門を雷で破壊したりと、
問題が生じる中、帝位を巡る陰謀が!?